猫手長屋事件簿

ざしきわらわら

仲野ワタリ

白泉社招き猫文庫

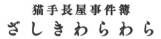

目次

第一章　断食療法……5
第二章　札売り……21
第三章　稲取屋《いなとりや》……43
第四章　座敷わらし……67
第五章　芝居小屋……98
第六章　安迷寺《あんめいじ》……123
第七章　早足……150
第八章　地蔵菩薩《じぞうぼさつ》……171
第九章　わらしもどき……190
第十章　金神《こんじん》……213
第十一章　落とし物……242

第一章　断食療法

神田《かんだ》界隈の通りが西日に白く光り出す夕七ツ。だいたいこの時間になると、代三郎《だいざぶろう》の茶屋は仕事を早めに終えた客たちで賑わう。とりわけこのところは、江戸《えど》の西にある猫手村《ねこてむら》で製茶業を営んでいる実家から仕入れたばかりの冠茶《かぶせちゃ》を目当てにした客が多い。

「ああ、うめえ」

うっとりとした顔で茶を味わっているのは掛け請いの佐ノ助《さのすけ》だった。集金業というせちがらい商売をしている佐ノ助にとって、茶葉本来の甘味が濃い冠茶は、緊張で張り詰めた心を解きほぐしてくれる良薬のようなものなのだろう。

「佐ノ助さん、そうごくごく飲まないで口の中でころがしてごらん。もっとおいしいから」

看板娘の於巻《おまき》に言われて、佐ノ助はふざけたように左右の頬を膨らませたりへこませたりしている。

「本当だ。旨味が口中に広がるねえ。こりゃいいや」

「おい、佐ノ助」

隣で呼んだのは、これも常連客の初吉《はつきち》だった。初吉は石屋の親方だ。

「ぬるいからって急いで飲むもんじゃねえぞ。冠茶ってのはな、ぬるい湯でたてるからうまいんだ」

「そうそう。熱い湯で入れたんじゃこの味は出ないのよ。さすがは親方、わかっているね」

看板娘に褒められて、初老の親方は「へへへ」と照れ笑いを浮かべた。

「代三郎さんは長屋の子らに手習いかい？　あれでやっぱ学があるんだな」

照れを隠すように初吉が奥の座敷にいる代三郎に目を向ける。茶屋の裏には代三郎の実家が所有する長屋があり、茶屋の主はその大家も兼ねていた。

「そりゃそうですよ、親方。猫手村の濱田家《はまだけ》っていやあ音に聞こえた名家でしょう。代三郎さんも三味線を鳴らしているだけの道楽者と思われちゃ困るってもんだよな」

「思っていいのよ。実際、道楽者なんだから。二十二にもなってあれじゃ先が思いやられるわ」

「ははは、於巻ちゃんにかかっちゃ大家の旦那もかたなしだな」

「上の兄様二人も姉様も真面目だっていうのに、あの人だけどうしてああなったんだかね」

そう言う於巻は十七歳。朝から晩まで好きな三味線を弾いているか寝転がっている主と違い、こちらは近所でも評判の働き者だ。代三郎とは猫手村で兄妹同然に育った仲。そんなこともあって、四年前、代三郎が実家の父から長屋と茶屋を託されたときも一緒に江戸に出て来た。

茶屋の奥の座敷では、飼い猫の栗坊《くりぼう》を膝に乗せた代三郎が子どもたちとなにごとか話している。

「へえ、それじゃマルメはそのお侍について北に帰っちまうんだ」

「んだあ、だからこうして三味線旦那のところに挨拶に来たってわけだ」

奥州《おうしゅう》訛りで答える「マルメ」という名の童女の歳の頃は七つほど。人形のような長い髪に赤い着物、それに兵児帯《へこおび》といった姿は長屋の子どもたちとは趣を異にしている。もっとも、その姿がきれいにそのまま見えるのは代三郎に於巻くらいである。

「でも、座敷わらしってのはあれだろ。家に居着くもんなんだろう。お前さんがその人と一緒に故郷に帰っちまったら、残された人たちはどうなるんだ」

「かわりにこのサイサイを呼んだからかまわねえ。おらがいなぐなったらこいつが入るから大丈夫だ」

マルメが隣で茶菓子を頬張っている童子を指さした。こちらは男の子で歳は五つか六つか。初めて会う相手だった。

「ちゃんとしてんだな」

「そりゃあな。あのお侍の一家には世話になってっからな。立つ鳥あとを濁さずだあ」

はた目には手習いをしているように見える代三郎にわらしたちだったが、もちろんそんなことはしていない。姿を現わしたり隠したりするのも自在なら、その姿を別のものに見せかけるのも自在、普通の人間には見えているときでもちゃんとは見えていなかったりする、それが座敷わらしというものだ。

「盛岡《もりおか》か。行ったことはないけど、寒いんだろうな」

「そりゃあ江戸に比べりゃ雪も深いしな。だけども精霊にゃそんなこと関係ねえ」

「ま、そうだろうな」

「寂しいのは旦那のところの茶が飲めなくなることくらいかな」

「泣かせることを言ってくれるじゃないか」

マルメは江戸に暮らす盛岡南部《なんぶ》藩《はん》お抱えの漢学者一家に居着いていた座敷わらしだった。話によると、赤ん坊の頃から知っているその家の子息がこのたびめでたく領内の城下にある藩校の師範になったとかで、盛岡に行くことになった。かの地には妻となる女性も待っている。マルメは晴れて一家をなすその子息について、自分も故郷の盛岡に帰るのだという。

座敷わらしといえば奥州に棲む精霊だ。しかしそれは昔のこと。江戸に幕府が開かれるや、座敷わらしたちは参勤交代の武家たちや商いの旅人たちなどと行をともにして南へと下がって来ていたのだった。全部は知らぬが江戸だけでも数百の座敷わらしがいると代三郎は聞いていた。

　その座敷わらしたちが茶屋にやって来るようになったのは四年ほど前。親戚にかわって新しく店主になった代三郎に自分たちが「正しく見える」ことがわかったからだった。

「おめはいったい何者だ？」

　そう尋ねてきたわらしたちに、代三郎は自分が「魔物退治」であることを告げた。するとわらしたちは「魔物ならたまに現われっからなあ。見かけたら教えてやるよ」と協力を買って出てくれた。江戸の方々に散らばっている座敷わらしたちの目があれば魔物狩りもしやすくなる。当時はまだ江戸の町の右も左も知らなかった代三郎にとってはこれ以上なくありがたい申し出だった。

「それじゃあ、お前らの茶代はただにしてやるよ」

　そう言うと、座敷わらしたちは「やったー」とわらべらしい無邪気さを見せてよろこんでくれた。茶屋の茶葉は三里ほど離れた実家からただ同然でいくらでも仕入れることができる。茶代をただにするくらいはおやすい御用だった。もっとも、払わせようにももともと精霊である座敷わらしには持ち金などなかったのだが。

　そんなこんなで、代三郎の茶屋にはマルメたち近くに棲む座敷わらしたちがちょくちょくやって来ては世間話などしていくのだった。

日が傾くにつれ、仕事帰りに茶を一杯という客が増えてきた。初吉や佐ノ助が顔馴染みのそうした客たちを相手に、最近流行っているとかいう「断食療法」について話しているのが聞こえてくる。

「札を柱に貼り付けて断食をすると体の中の毒が出きって病知らずになる。本当かい、そりゃ?」

言葉通り疑ってかかる客の一人に、別の客が「どうやら本当らしいぞ」と答えている。

「佐ノ助さん、あれだろ。札売りが売りに来たその札を北側の柱に貼りゃあいいってんだろう。それで断食を始めると、体ばかりか気もよくなって、果ては商売から家の中のことまでなんでもよくなっていくっていう」

「そうそう、その通りよ」

佐ノ助が当を得たりともっともらしく頷いている。

「なんでも地蔵菩薩《じぞうぼさつ》のお導きだってな」

どこで仕込んだのやら、初吉も付け足す。

「そんな札なら俺も一枚ほしいけどな。どこに行けばその札売りに会えるんだい」

「それがよくわかんないんだよ。札売りも地蔵菩薩のお導きとやらで、売りに訪ねる相手を選んでいるらしいんだ」

「ああ、俺もそう聞いている。偶然にでも札売りに会えりゃあそれだけでも儲け物ってわけだ。少々値は張るようだが、買わなかったやつはいなかったらしいぜ」

「値が張るっていくらだい、初吉さん」

「本当のところは知らねえが、三両は下らないって聞いたな」

「三両だって？　そんな金、俺は逆立ちしたって出せやしねえよ」

なあんだ、とまわりで聞いていた他の客たちもぼやいた。

「どうせ金持ちのところばかりまわっているんだろう」

「俺たちには関係のねえ話だな」

「だいたい断食なんざ、そんな腹の減ること、俺はごめんだね」

俺も俺も、と男たちが口にする。

「そもそもだよ。体の中の毒が抜けただの、商売が繁盛しただのって、なにか札のおかげって明かす証拠はあんのかい？」

自分が始めた話を否定されたのがおもしろくないのか、佐ノ助が「ある」とむすっとした顔で答えた。

「札を貼って断食を始めるとな、おかしなことが起きるそうなんだ」

「おかしなこと?」

「ああ」

声を低く落として身をかがめる佐ノ助に合わせ、男たちは皆ひそひそ話をするように背をまるくした。

「これは俺が集金先で直接耳にした話だ。口止めされているんで詳しいことは言えねえが、飯田町《いいだまち》辺りの大店《おおだな》の話などとでも思ってくれ」

直接耳にした、がきいたのか、客たちは「うんうん」と頷いた。

「十日ほど前だったか、そこの家にも札売りが来たそうなんだ。もちろん、札は買った。買って言われたように札を北の柱に貼った。断食も一家全員で始めた。子どもたちは育ち盛りだから食事を抜かしたのは一晩限りだったそうだが、主人と女房は水だけで三日間を過ごしたそうなんだ」

すると、と佐ノ助の声が大きくなった。

「三日目の晩だったかに、家の中で妙な物音がするようになったっていうんだよ」

「妙な物音?」

「鼠かなんかじゃねえのかい」

「いいから黙って聞きな。物音がするだけじゃない。置いていた茶碗が動かしてもないのに動いていたり、閉めていた厠《かわや》の戸がギイと音を立てて開いたり、そんなことが起き始めたんだそうだ」

「幽霊かい？」

「幽霊じゃない」

佐ノ助がもったいぶってそれを口にするのを、離れたところから代三郎たちも聞いていた。

「座敷わらしだよ」

「ざしきわらし？」

「なんだそりゃ？」

「知らねえのか、お前ら」

初吉だった。

「座敷わらしってのはな。家に居着く妖怪だよ」

「妖怪だって？　気味の悪い」

「それが悪くないんだ。見かけもこう、わらべと同じでな、ちっちゃくてかわいいもんよ」

「へえ、親方は見たことあんのかい？」

「ん……まあな」

嘘だ、と小声で呟いたのは代三郎の隣にいるマルメだった。

「あんな霊力のねえじいさんにおらたちが見えるわけがねえ」

「まあ、言わせとけや」

代三郎は苦笑いで流す。茶屋の客がほらを吹くのは珍しいことではない。興が乗ってくると嘘だろうが真《まこと》だろうがなんでもくっちゃべるのが江戸の人間だった。ようはその場がおもしろければそれでいいのである。

初吉親方は嘘がばれていることにも気付かず、べらべらとでまかせを並べている。

「ありゃあ、千住宿《せんじゅしゅく》のさる屋敷で仕事を請けたときだったな。庭造りを頼まれたんだが、その日に仕事を終えて一晩たって行ってみるとな、まだ手もつけてねえところがきちんと出来上がっていたんだよ」

「そんなこととあんのかね」

「俺が言うんだからあるに決まってってだろ。ありゃ、どういうことだと目を凝らしているとな、こう、庭木の陰からちっちぇえなにかが動いたんだよ。子どもかと思って覗くとな、おかっぱ頭の娘っこがこっちを見ていてニッと笑ってみせたんだ。ははあん、と納得したね。こいつは座敷わらしの仕業だなって」

「なんで座敷わらしが親方のかわりに仕事をするんだよ」

「さあな。自分で言うのもなんだが、俺は普段から信心深いしな。その日は若い弟子たちがほとんど出払っていて、俺と弟の二平太《にへいた》しかいなかったんだ。年寄り二人が重たい石を運んでんのを見て助けてやろうという気にでもなったんじゃねえかな。実際のところはまだまだ若いもんには負けねえ力を出せるんだけど、なにしろ俺たちゃ見てくれだけは老いぼれだからな」

座敷わらしはすぐに姿を消した。初吉は仕事をすべて終えると、家の人間に頼んで母家のいちばん奥の部屋に饅頭《まんじゅう》を供えさせてもらったという。座敷わらしはその家のいちばん奥の間に棲んでいると聞いていたからだ。

「するってえと、座敷わらしってのは人助けをするいい妖怪なんだな」

「そういうこった」

だからな、と初吉に主導権を奪われていた佐ノ助が皆の目を自分に引き戻した。

「札を貼って断食を始めると、座敷わらしがその家に居着くようになるんだよ。一度座敷わらしがついた家ってのは、やることなすことうまくいくようになるっていうのが古くからの言い伝えなんだ」

「ふうん。そんな妖怪ならうちにも来てほしいもんだな」

「そうやって考えると三両も安いもんかな」

「いいや、俺には逆立ちしたって三両は難しいなあ」

客たちががやがや騒いでいるところに、本石町《ほんこくちょう》の方角から暮れ六ツの時の鐘が響いた。「お、そろそろ帰るか」と男たちは縁台から立つ。茶屋も店仕舞が近かった。

初吉も佐ノ助も姿を消したところで、後片付けをしていた於巻が代三郎たちのところにやって来た。気配に気付いて、代三郎の膝の上で寝ていた栗坊も目を覚まして「ふわあ」とあくびをした。

「ねえ、聞いていた？　さっきの話」

於巻が座敷わらしたちに訊いた。

「佐ノ助さんたち、あんたたちのことを話していたよね」

「聞いていたよ」

「断食療法なんて聞いたことない」

マルメがしらけた顔で答えた。

「じゃあ、あんたたちとは関係ないのね」

「わかんね。もしかしたら誰かよその座敷わらしが関わってんのかもしれないけど、おらたちの知っている座敷わらしじゃないな」

んだ、んだ、と居合わせている他のわらしたちも相槌を打つ。

「札を貼ったら座敷わらしが居着くなんてことあるのか?」

そう問う代三郎にマルメは「さあてな」と肩をすくめてみせる。

「地蔵菩薩様がどうのと言っていたな。もし本当に地蔵菩薩様が関わってんのなら、座敷わらしの誰かが手伝っているってことはあるかもしれねえ。家に居着くんだったら、断食だとかそんな意味のねえことは端折って居着きそうなもんだけどな」

「銭がからんでいるのが気に食わねえな」

そう言ったのは、代三郎の茶屋からいちばん近い家に棲む「ミイヤ」という座敷わらしだった。

「ああ、なんだか銭儲けの匂いがして嫌だな」

サイサイも同調する。ときによっては居着いた家に金運をもたらす座敷わらしたちだが、それが目当てとなると精霊らしい清廉さから抵抗を感じるようだった。

「まあ、普段から贅沢している人なら断食のひとつもした方がいいかもしれないね」

於巻の言うように、三両もの金をぽんと出せるといったらどこぞの大店の家人くらいのものだろう。そういう人間は節制のひとつも覚えた方がいい。

「ついでに栗坊もどう?　あんた近頃太ってきたんじゃない?」

頭を撫でられて、栗坊は気持ちよさそうに目を細めた。

「地蔵菩薩様ならいいけどな」

　マルメが気になることを言った。

「どういうことだ?」

「おらたちはこう見えても棲む家は自分で選んできた。昔も今も座敷わらしってのはそういうもんだ。よしんば他の者の頼みで棲み着いたとしても、最後にそれを決めるのは自分だ。なのに、さっきの話だと札を貼られたら最後、その家が好きか嫌いかなんぞに関わらず棲み着かなきゃいけねえみたいじゃないか。同じ座敷わらしの身としちゃあぞっとする話だ。おらだったらその家の者さ気に食わなかったらおもいっきり悪戯して困らせちゃる」

「んだあ、座敷わらしにも自由はある」

「おらたちゃ誰にもしばられねえど」

　ミイヤとサイサイが言うと、残りの座敷わらしたちも「んだなあ」と頷いた。

「自由はあるって、お前らいつも自由じゃないかよ。家にだけいるものかと思ったら、そのへんほっつき歩いているし」

　代三郎の言うように、江戸の町ではよく散歩中の座敷わらしに出くわす。誰もそうと気付かないのは、普通の人間には見えたとしてもただの子どもにしか見えないからだ。

「田舎と違って江戸は見るもんがいっぱいあるからな。退屈しねえでいいや」

「マルメ、お前はいつ盛岡に行くんだ」

「あと十日ばかりは江戸にいるさ。その間にまだ行ってねえとこでも行くかな」

「どこだ、吉原《よしわら》か」

「代三郎さん、子どもも相手になに言ってんの」

「於巻、おらこう見えて人の歳なら七百歳だ」

「あらごめんなさい。つい見かけで言っちゃうのよね」

「こっちのサイサイなんて八百歳だ」

「あらら、ちっちゃいからもっと若いかと思っていたわよ」

「座敷わらしは歳とらねえからな」

「それ言うんなら栗坊だってそうさ」

代三郎が栗坊の背中をさする。茶寅の猫はそれを合図にしたように代三郎の膝から離れて廊下の奥へと消えていった。かと思うと、すぐに浄衣姿《じょうえすがた》の童子となって戻ってきた。

栗坊が「人の姿」になるからには理由がある。魔物と対決するときか、でなければ人間の言葉で話をする必要があるとき。たいていはそのどちらかだった。

「その札売りなんだけどさ」
十二、三歳の少年と化した栗坊が座敷わらしたちに言った。

「なんか気になるな。見かけたら教えてくれよ」

それと、と栗坊は於巻を見てにこっと笑った。

「近頃太ってきたのは於巻の方じゃないの?」

「うるさいわね!」

顔を赤くした於巻が手を上げると、栗坊は「うひゃっ!」と猫の姿に戻ってふたたび廊下の奥へと姿を消した。

第二章　札売り

ここ数日顔を合わせていなかった医師の巡啓《じゅんけい》が茶屋に顔を出したのは翌日のことだった。朝寝からやっと覚めた代三郎《だいざぶろう》が寝間着の着流しのまま茶屋に出てみると、往診から戻ったばかりの医者が縁台に腰掛けてぼんやりとしていた。

「お、巡啓さん。なんだかひさしぶりだね」

「やあ、代三郎さん」

巡啓も長屋の店子《たなこ》の一人だ。茶屋とは長屋の棟を挟んだ向こう側の裏通りに店を構えている。いわゆる町医者だが、最近では「名医」という評判が立っているようで武家や裕福な商家に呼ばれることも多かった。

「疲れたように見えるけれど、難しい病にあたっているのかい」

「そういう代三郎さんは元気そうだな」

「今の今まで寝ていたからね」

「眠りは気の源さ。寝られるうちはいくらでも寝ているといい」

そう話す巡啓の目の下には隈があった。

「巡啓さん、ろくに寝ていないだろう。誰か寝ずの看病でもしていたのかい？」

「看病といったら看病かなあ。一晩様子を見ていたからね」

「どなたか危ないとか？」

「うーん。なんと言ったらいいか。あれを病と言っていいものかな」

「どうしたの巡啓さん。またおかしな病に出くわしたの？」

背中をこちらに向けて茶釜をいじっていた於巻《おまき》が振り向いて訊いた。

「病というよりも、病にならぬとうたいながら病になってしまいそうなものが流行っているんで困っているんだよ」

「なにそれ？　頭がこんがらがりそう」

「『断食療法』だよ。最近流行っているみたいなんだが、聞いたことはないか」

「昨日、石屋の親方たちがその話をしていたよ。あれでしょ。家の柱にお札を貼って断食をすると病知らずになるとかいう」

「やっぱり噂になっていたか」

巡啓はやれやれといったふうに肩を落とした。茶をひとすすりして口を開く。

「断食というのはそれ相応の準備をしてほどほどに行なえば悪いものではない。しかし、心得のない者がむやみとするのは危ないだけなんだ」

聞けば、昨晩は懇意にしている湯島《ゆしま》の商家に呼ばれて「断食療法中」の主をずっと診ていたのだという。

「もう四日も断食をつづけておられていてな。ずいぶん顔色が悪いんだ」

「それで巡啓さんを呼んだわけ？」

「ああ、心配した家族が主には断りなく呼んだらしい。なにごとかと駆けつけてみれば、このままではどうなるかわからぬので明日まで一緒にいてほしいと頼まれた」

「どういうこと？」

「なんでも断食療法を勧めた人間に言われたというんだ。少なくとも五日間は断食をつづけよと。ところが、やってみるとどうも具合がよくない。それで心配になって私を呼んだというわけだ」

むろん、巡啓は医師の立場からただちに断食をやめるようにと注意した。だが渋々医者を部屋に迎え入れた主に言わせれば、それでは大枚をはたいて札を買った甲斐がないという。

「御利益があるまではやめるわけにはいきません」と言い張る主に、「せめて粥でも」という巡啓の言葉は通じなかった。

「なによそれ、ばかくさい。帰って来ちゃえばよかったのに」

「それがそうもいかなくてな」

断食は明日の朝でちょうど五日となる。家の者たちにそれまでだからどうしてもと頼まれたということもあったが、それ以上に巡啓を留まらせたのは三日前に起きた深川《ふかがわ》での出来事であった。

三日前の早朝、巡啓は寝ているところをかねて顔見知りであった深川の材木問屋から来た急な使いに起こされた。使いが言うには「おかみさんの具合が悪い」とのことだった。巡啓は急いで大川《おおかわ》を渡った。が、ときすでに遅し、店の主の妻は医師の到着を待たずして息絶えていた。

「その材木屋のおかみさん、断食療法で亡くなったというの?」

「そうだ。もともと丈夫でない人だったのに、なにを言いくるめられたものか、そこへもって断食などするから体のあちこちが悲鳴をあげて、ついには事切れてしまったんだよ」

「ひどい話だな、そりゃあ」

「同じことが起きたら困るからな。それで一晩つきあったわけだよ」

「で、なにも起こらなかった、と」

「一晩たってみると、主は上機嫌さ。すっかりやつれた顔で笑っていたよ」

「なんでだい」

「おかげさまで今朝方座敷わらしの足音を耳にしましたとな。札を貼った甲斐があったとね」

「座敷わらし……」

「ああ、知らなかったか。断食療法をすると座敷わらしが家に居着いて家運が上がるそうなんだ」

「初吉親方たちもそう言っていたわよ。本当なんだ、その話」

於巻が言うと、巡啓は「いやあ」と胡散臭いものでも見たような顔をつくってみせた。

「本当なものかね。足音だなんて、空耳か聞き間違いに決まっているだろう」

病にかかっていたり体が弱っているときは幻聴に襲われやすい。主がそれを聞いたのは、「断食療法」の札を売りに来た男の「信心して断食にのぞめば座敷わらしが居着きます」という言葉が頭にあったからに違いない。

「口からでまかせもほどほどにしてほしいものだな。そんなものを信じてしまう方もどうかしているよ」

あくびをひとつすると、巡啓は「家に帰って少し寝るとしようか」と立ち上がった。するとそこに長屋のおかみさんの一人がやって来た。

「巡啓さん、さがしたわよ。家の前で診てほしいという人たちが待っているよ」

「そうですか。今行きます」

疲れ気味の中年男の顔が凛とした医者のそれに変わった。巡啓は銭のない貧乏人でも診てくれると評判の町医者だった。もともとは長崎《ながさき》で学んだ蘭学医だけに漢方だけでなく西洋医学にも長けている。病ばかりか人の体の仕組にも詳しいし、それだけ診立てや薬の処方も的確がゆえ、その名声は長屋のある神田《かんだ》界隈のみならず大川を越えた深川や本所《ほんじょ》にまで及んでいた。そんな巡啓だから、少し空けただけで診療を待つ行列ができても不思議はなかった。

どうやら夜までは眠ることができなそうな医者を見送ると、代三郎は茶屋の座敷で遅い朝《あさ》餉《げ》をとった。いつもは居間で済ますことの多い朝餉を茶屋でとったのは、店番をしている於巻と話をするためだった。

「また『断食療法』か」

「どうも臭いわね」

昨日につづいての話題。しかも今日は御利益どころか死者が出たという話まで耳にした。

「栗坊《くりぼう》の勘、当たっているかもね」

「当たっていなきゃいいんだけどなあ」

「そうね」

「当たっていたら、また面倒なことが起きちまう」

「なによ、自分が面倒くさいからそう言ってんの?」

「魔物退治なんか面倒くさいだけだよ。こわいし。あーやだやだ」

面倒くさいからやだ。思ったことをすぐ口にするのが代三郎だった。

「大猫《おおねこ》様が聞いているわよ」

「聞こえるわけないだろう」

大猫様は代三郎の生まれ故郷の猫手《ねこて》村《むら》にある猫手神社の郷神《さとがみ》だ。代三郎を「魔物退治」にしたてた張本人でもある。

「こないだ例大祭で帰ったとき、あれを自分だと思えって言っていたじゃない」

於巻が指さしたのは、茶屋のいちばん奥の壁にある神棚だった。棚の上には一月前の例大祭で会ったときに大猫様が「茶屋に置いとけ」と寄越した招き猫像が据えてある。

「ただの招き猫像じゃないかよ。なにが自分だと思えだ」

代三郎はケッと悪態をつくと、茶碗に残っていた米をかき込んだ。

「ところで栗坊は？」

「さあ、どこかで寝ているんじゃない」

「おーい、くーりーぼー！」

呼ぶと「ニャア〜」と鳴きながら栗坊が家の中から現われた。

「飯食ったら出かけっぞ」

「稲取屋《いなとりや》さんに？　出るには早いんじゃない？」

於巻が言っているのは夕刻に茶商の稲取屋で開かれる予定の三味線奏者の会合のことだった。稲取屋は代三郎の実家が栽培している猫手茶を取り扱っている茶商で、三月に一度ほど主の趣味である三味線の奏者を集めて弦鳴らしの会を開いている。代三郎も請われてほぼ毎回特技の早弾きを披露しているのであった。

「いや、その前に行くところがある。上から三味線を取って来るわ」

二階に行こうとする代三郎に、於巻が「どこに？」と訊いた。

「……深川」

「そう来なくっちゃ」

「うるせえなあ。富岡八幡宮《とみがおかはちまんぐう》にお参りだよ」

「よっ、魔物退治の旦那」

頭をぼりぼりかきながら階段に向かう代三郎を於巻が囃《はや》す。代三郎は寝所にしている二階から三味線と頭陀袋《ずだぶくろ》を持って下りて来ると、肩に飛び乗った栗坊とともに茶屋を出た。目指す深川は永代橋《えいたいばし》を渡ればすぐだった。

「魔物」といえば草双紙《くさぞうし》などを通じて江戸の人々には馴染みのものである。「妖怪」や「あやかし」と呼ばれることもあるし、ときにその存在が人々の口からまことしやかに囁かれることもある。だが、そうした噂の元の元、それを本当にこの目で見たという人間となると、なぜか誰も会ったことがなかったりする。つまりは魔物というものは人の空想がもたらす産物。そう世の中では捉えられていた。

が、そうではないことを知っている人間もいたりする。

代三郎がそれであった。

ごく普通の人間であった代三郎がなにゆえ「魔物退治」となったのか。あれは七歳の折、故郷の猫手村の池で溺れかけたところを郷神である大猫様にすくわれ、そのかわりというわけでもないが、なりゆきのはてに「魔物退治」を請け負うことになったのである。大猫様によれば「魔物」はこの世ではなく、ふとしたきっかけで異世界からやって来るものだという。その種類は千差万別。共通点があるとすれば、現世に現われた場合はなにがしか悪事を働くのが常であり、ときにそれは邪気となって人間に襲いかかる。

大猫様は代三郎を「魔物退治」に任ずるにあたり、一匹の猫＝栗坊と三味線を授けた。猫の栗坊は必要に応じて人の姿へと変わり、備えた霊力で魔物と直接戦う。そしてかつて大猫様が倒した化け猫の皮でつくったという三味線は、代三郎が弦を鳴らすことで相手の力を封じたり、魔物と戦う栗坊にさらなる力を与えることができる。

代三郎と栗坊が初めて魔物を倒したのは代三郎が十五のとき。それから幾度かの経験を経て、猫手長屋の大家となった代三郎は江戸の町に出没する魔物退治のいっさいを引き受けるようになった。

「さてさて、今回はどんなやつだかねえ」

栗坊を肩に永代橋を渡る代三郎は、こういうときいつもそうであるように気楽に構えていた。「札売り」とやらが怪しいのは間違いないが、まだ魔物が関わっているとは断じきれない。むしろこれは「魔物退治」よりも奉行所の扱うところではないか。その可能性は十分にあった。

橋を渡ればその先は永代寺《えいたいじ》に富岡八幡宮だ。通りは商いの人間や参拝に行く人々で混雑している。その賑わいは対岸の神田や日本橋《にほんばし》とひけをとらぬものだった。

「なあ栗坊、なんか匂うか？」

肩に乗った栗坊はなにも答えず澄まし顔で前を見ている。猫を肩に乗せた人間か、それとも人間の肩に乗った猫がめずらしいのか、通り過ぎる人々がみんなこちらを見ている。背中にかけた三味線も視線を集める理由になっているかもしれない。

「おいおい、目立ち過ぎていけないな。頭陀袋に入るか」

そう言うと、栗坊は低い声で「ンニャ」と鳴いた。外にいたいらしい。

いったん八幡宮を通り過ぎて木場《きば》まで行ってみる。材木の浮かんだ水路に沿って北へと歩く。目に映るのは材木問屋や材木運びの筏師《いかだし》たち、二人がかりで銘木を切る木挽師《こびきし》たちの働く姿だ。その中を三味線を背負って歩く代三郎はこの町ではいかにも異質だった。

「兄さん、三味線職人かい？」

声をかけてきたのは通り抜けようとした道の自身番の老人だった。

「いや、俺は弾く方さ」

「猫を担いでいるからてっきり職人かと思ったよ」

「こいつは飼い猫さ。三味線用じゃないよ」

「きれいな茶寅じゃないかい。俺はまたそいつの皮がはがされちまうんじゃないかとかわいそうになっちまってね」

物騒な会話に、栗坊が「くしゅん」と鼻を鳴らした。

「お、くしゃみしてるぜ」

「こいつは人の話がわかるんだよ」

「へえ、賢いんだな」

ときに、と老人は鋭そうな目を向けてきた。本題に入ったようだった。

「見かけねえ顔だが、兄さんはどっちの人だい」

「大川の向こうだよ。神田さ」

自身番には町の治安を守る役目がある。こんなふうに問われるのはよほど風体が怪しいか、でなければこの町でなにかがあったということだ。代三郎の風貌は総髪に着流しと堅気にしてはゆるい方だが、道楽者に見えはしても悪人に見られることはまずない。おそらくは本気で怪しいと踏まれているわけではないだろう。

「どうりで見ないわけだな。木場になんか用かい?」

「うん。富岡八幡宮にお参りがてら、ちょいと人さがしをね」

「人さがしか。俺は見ての通りの町の番人だ。なんでも言ってくれよ」

どうするか。とりあえず口にすることにした。

「旦那、病除けの札売りを知っているかな?」

「札売り?」

老人の顔色が変わった。

「ああ、なんでも札を貼って断食をすると病知らずになるとかいう。いやね、俺は神田で茶屋をやっているんだけど、客の旦那たちからその札の噂を聞いてね。病知らずになるんだったら母親にでもその札をやれたらいいなと思ってさ。聞いた話じゃこの辺りを札売りが歩いていたっていうんで、八幡様に参拝ついでにほっつき歩いているってわけなんだよ」

「そうか。母親思いなんだな、感心するぜ。だが兄さん、その札売りはやめた方がいいかもしれねえぞ」

「え、どういうことだい？」

「神田辺りにゃなんも聞こえちゃいねえか」

「旦那、なにか知っているんだね。もったいぶらず教えてくれよ」

「ああ……どうしたもんかな。こんなこと話したらまたあいつは口が軽いだなんだと近所のやつらに言われちまうな」

「他言無用というなら約束するよ」

「うーん」

ひとしきりもったいぶったかと思うと、老人は栗坊に向かってこう言った。

「なに？　お前さんも聞きてえっていうのか。まあいずれ瓦版にでもなって出回るだろう話だ。少しくらい早くに知ったところでかまいやしねえだろう。どれ、こそっと教えておくか」

こっちに来な、と老人は木戸の横の自身番屋へと代三郎を誘った。

「猫の耳ならかまいやしねえが、人の耳があるからな」

まるでお前なら安心といったふうだが、初めて会った代三郎を信用しているとはとても思えない。ようするに人の知らない話を誰かにするのが楽しくてしょうがないのだろう。相手が若造であることも老人の気を楽にしているようだった。

「その札売りだがな」

老人は切り出した。

「この先に名木曽屋《なぎそや》っていう材木問屋があるんだが、何日か前にそこに現われたらしいんだ」

巡啓の言っていた材木商のことだった。

「俺もこの目で見たわけじゃねえ。あくまで人伝に聞いた話だ。お前さんも誰かに話すときは聞いた相手を俺だとは言うんじゃねえぞ」

誰にも言わぬと断ったそばからこれだった。どうせ誰かに喋るだろうと決めてかかっているらしい。もっとも、よくよく考えてみれば内緒話を聞いて喋らない人間など江戸の町人にいるわけがない。みんなこの種の話は大好物なのだ。その点、老人は正しかった。

自身番の老人の話はおおよそのところ巡啓から聞かされた通りだった。いちいち巡啓のことを話すのも面倒なので、「へえ」とか「そらあ気の毒に」とかと知らぬ顔で感心してみせていると、老人は思わぬことを口にした。

「実はもうひとつあるんだが、これは言っていいもんだか……」

老人はちらりと壁にかかっている突棒《つくぼう》や袖絡《そでがらみ》などの捕物《とりもの》道具に目をやった。あらためて小屋の中を眺め回してみると、同心や岡っ引きたちが捕物の際に使うおどろおどろしい道具類が並んでいた。

栗坊が、代三郎の肩から飛び降りたかと思ったら捕物道具に爪を立てた。

「おい、こら栗坊、なにがりがりやってんだ。やめろ」

「ははは。傷がつくと御用だぜ」

老人が立ち上がって栗坊をつかまえた。そのまま抱き寄せると、栗坊は舌を出して老人の顎をぺろぺろなめた。代三郎には、栗坊の目が一瞬光ったかのように見えた。

「おお、やすりみてえで気持ちいいな」

「旦那、話してくれるのはけっこうだけど、一言でも誰かにもらしたらこの身に縄がかかるなんて類の話だったらごめんですよ」

捕物道具に相手が怖じ気づいたと勘違いしたか、老人は「こいつはすまねえ」と相好を崩した。ついでに腕の中で「下ろせ」と身をくねらせはじめた栗坊を足もとに放す。

「なに、たいした話じゃねえんだが、町方《まちかた》が絡む話なもんでな。いちおう確かめたってわけだ」

「町方が？　でもその亡くなったおかみさんってのは断食がもとで死んだわけでしょう」

「まあな。けしかけたからって、その札売りに科《とが》があるかどうかとなるとはっきりしたことは言えねえ。断食なんてのは昔からあるもんだしな。というか、その話じゃねえんだ。別の話だ」

「別の話?」

いよいよ座敷わらしかと思っていたが、老人の口から出た話はそれとは別のものだった。

「千両箱が盗まれた?」

これは初耳だった。

「おうよ。まだ噂の域を出ねえがな、主人の女房が死ぬか生きるかっていうそのどさくさに紛れて蔵にあった千両箱が全部何者かに持ち去られたっていうんだ」

「全部って?」

「何個か知らねえが、たいそうな数らしい」

だとしたらものすごい額の小判が盗まれたことになる。いったい何両だろうか、見当もつかなかった。

「そんなにたくさん、誰の仕業なんだい?」

「それがまったく見当がつかねえ。いや、その前にとうの名木曽屋が盗まれたことを隠してやがるんだ」

「どうして?」

「言えねえわけがあるんだよ」

「わけわかんないな、俺には」

まったくもってお手上げ。そんな顔の代三郎に老人は「よく考えてみな」とニヤリとしてみせた。

「大金が盗まれた。なのに町方には訴えることができない。ということは、その金はやましいところのある金だということだ」

「やましいところ？」

「ああ。名木曽屋にはな、前々から疑わしいところがあったんだ」

「疑わしいって、ただの材木問屋でしょう。こう言っちゃ悪いけど、材木問屋なんてのは切り出した材木を右から左へと流して売るだけの商いなんじゃないの」

「その材木だよ。名木曽屋の扱う材木にはどうも裏があるみたいでな。ずいぶんと前から臭いとは言われていたんだ」

「なんだか俺みたいな門外漢にゃぴんと来ない話だね。いったいなにが臭いんだい？」

すると老人は「御林《おはやし》だ」と答えた。

「世の中にゃ御林の切っちゃいけねえ木を間引いて売っているやつらがいるらしいんだ」

「御林の木なんか切ったら死罪じゃないの。誰がそんな危ない橋を渡るんだい」

「そういうことができるやつがいるんだよ。見たところ若いお前さんには想像もつかないだろうけどよ」

「うん、つかない」

「若いもんはこれだからしょうがねえな。まあ、平たく言やあ、お咎《とが》めなしに御林に入れる連中のことだよ」

「木こりか」

「木こりを指図することができる連中だな」

「わかった。お役人だ」

「そうよ。やっとわかったか」

「御林はお役人が守っているんだろう。その役人が切っちゃいけない木を売って儲けているっていうの？」

「あくまで噂だよ」

「それに名木曽屋さんが関わっているっていうのかい？」

「いるんじゃねえかって、これも噂だよ。確かな証はねえ。だが考えてみろ。切った以上は材木は川に浮かべて江戸に回漕しなきゃならねえ。木場に持って来たら来たでどこか問屋を通して売らなきゃならねえ。誰かが売らなきゃ儲けにならねえからな」

「うん、それはわかる」

「その手引きをしているのが名木曽屋じゃねえかっていうのが巷の噂よ。今までは噂は噂でしかなかったんだがな、今度の千両箱の件でますます怪しさが増したってもんだ。名木曽屋はさぞかし歯がみしているだろうよ。女房にゃ死なれる。儲けた銭は盗まれる、でな」

「だけど名木曽屋さんは町方には届けていないんでしょう。どうして千両箱が盗まれたってわかるんだろう」

「そりゃあお前さん、奉行所をなめちゃいけねえな。名木曽屋ほどの大店なら探りを入れるのは逆に難しくはねえ」

おおかた誰か店の者を買収して隠密にでも仕立てているのだろう。それくらいの想像はついた。

「もっとも、名木曽屋といやあ勘定奉行の君平《きみだいら》様とは昵懇《じっこん》の仲だ。なんでも前の大火で君平様の屋敷が焼けたときに用材を献上したとかいう話だからな、町方が目をつけたところでなにをどこまでやれるかはわからねえ」

得得と語る老人は、自分がその町方の下っ端のさらに下っ端の自身番であることを忘れているようだった。

「ふーん。いろいろあんだねえ」

で、と代三郎は話をもとに戻した。

「本当に、いったい誰が盗んだんだろうね」

「決まってっだろ」

老人はふんと鼻を鳴らした。

「盗人に決まってらあ」

「あはは。そりゃそうだ」

試しに言ってもみる。

「まさかその札を売りに来た札売りが、なんてことはないよね」

「そこんとこはさっぱりだ。いずれにしろこの話が本当なら、くそ重たい千両箱をいくつも運び出すんだから、これもまあ手間っちゃあ手間だ。まあ、力自慢ならこの木場にゃあ山ほどいるからな。何人かで示し合わせりゃできねえことはねえ。ひょっとしたらとうの名木曽屋の者がやったということもある。いや、それがいちばんありえっかもな」

どうもこれ以上の話は老人からは聞き出せないようだった。むしろここまで聞けただけでもよしとするべきか。

「ご老人、よかったらお名前を聞かせてくれませんか」

「俺か、年吉《ねんきち》だ」

「年吉親分か、よしわかった。俺は神田は猫手長屋で大家をやっている濱田《はまだ》代三郎と申します」

「親分はよしねえ。それよか兄さんは、あ、いや旦那は、お武家さんでしたかい」

慌てた年吉に、代三郎はニコッと笑顔で応えた。

「俺はただの町人ですよ。苗字があるのは実家が朱引の向こうで名主をやっているからです。ところで、年吉親分は神田に来ることはありますかね」

「年に一度、女房と神田明神《みょうじん》にお参りには行くけどな」

「じゃあそのときにでも江戸橋《えどばし》近くの茶屋を訪ねておくんなさいな。今日の話の御礼にいちばんいい茶に茶菓子をつけてごちそうしますよ」

「江戸橋だったら、ちょうど途中だな。寄らしてもらうぜ」

「そういや、その名木曽屋さんってのは？」

「この先だ。一本道だからすぐにわかるはずだ」

礼を言って番屋をあとにした。

「おい、栗坊」

ふたたび肩に乗せた栗坊に訊く。

「お前、あの年吉さんにかわいがられたときになにか細工をしただろう」

いくら口の軽い人間だって、会ったばかりの代三郎相手にここまで話すことはないはずだった。

栗坊は、返事をしない。そのかわり瞳孔の細くなった瞳で道の先をじっと見つめている。

「なんか感じるか？」

ひと鳴きもしないところをみると、なにも怪しいものは感じていないようだった。

「無理もないか。三日もたっているしな」

魔物が出たとしても三日前のこと。すでに相手は別の獲物を見つけてどこかに移っていることだろう。気配がないとしても不思議はなかった。

「それにしても千両箱か………」

耳にしたばかりの話を反芻しながら、代三郎は木場から深川へとつづく道筋を辿った。

第三章　稲取屋《いなとりや》

夕刻まであと一刻ほど、ふたたび大川《おおかわ》を渡って神田《かんだ》に戻った代三郎《だいざぶろう》が訪ねたのは茶商の稲取屋であった。

店に顔を出すと顔馴染みの番頭がすぐに奥にある広間へと通してくれた。栗坊《くりぼう》は眠気に誘われたらしく、肩にかけた頭陀袋《ずだぶくろ》の中でまるくなって寝ていた。

「みなさん、もうお揃いです」

「でしょうね。たいてい俺がびりっけつですから」

広間の方からは、すでに誰かの鳴らす浄瑠璃《じょうるり》の音色がしている。

「あれは千之丞《せんのじょう》さんかな」

「さすが。弦の音だけでわかりますか」

「適当に言っただけです」

「ははは。代三郎さんはいつもながら人を食った御方ですな」

片側が庭に面した廊下を案内された。途中にある一室の障子が開いていた。稲取屋の主の一左衛門《いちざえもん》が来客と話をしているところが目に入った。会釈だけして通り過ぎる。横顔しか見なかったが、来客の男性はその山伏のような身なりから修験者とわかった。江戸に修験者とは場違いな気もしたが、六十余州に商いがある稲取屋だけにこうした客がいてもおかしくはない。

広間が近づくと、座談を楽しむ声が響いてきた。

「やあ、みなさんお集まりですね」

見ると、稲取屋が懇意にしている商家の主が三人ほど。それに近在の三味線や小唄の師匠方。全部で十人ほどの先客がいた。馴染みの顔もあれば、たまにしか見ない顔もある。

「代三郎、まずはこっちこっち」

手招きしたのは歌舞伎の舞台で音曲を務めている千之丞であった。千之丞は二十五歳。代三郎とは三つ違いの若手の三味線奏者だった。手に三味線があるところを見ると、今しがた聞こえていた浄瑠璃はやはり千之丞のものらしかった。

「みんなお前が来るのを待っていたんだぞ。誰も茶を飲んでいないんだ」

見ると、茶釜や茶道具が座敷の真ん中に置いてあった。

「これは失礼なことを。茶くらい申し付けてくだされば手前どもが主にかわって入れましたものを。奥の者たちはなにをしていたのでしょうか」

慌てた番頭に、千之丞が「いやいや、いいんです」と断りを入れた。

「今日は代三郎のところの青茶が目当てでみんな集まったんですよ。これを入れるとなると、代三郎じゃないとね」

「え？」

そんな話は聞いていなかった。

「うちの青茶を飲むだなんて、俺は聞いていませんでしたよ。まあ、稲取屋さんのことだから、うちの茶を出してくれても不思議はないけどね」

もぞもぞと、頭陀袋で寝ていた栗坊が動いた。

「千さん」

いつも呼ぶ口調で千之丞に聞いた。

「客は、こちらにいるみなさんでお揃いなのかな」

「おおかたお揃いのはずだけどな」

そう答える千之丞の目はこころなしか泳いでいた。

「おおかたねえ……」

いやあな予感がした。猫手村《ねこてむら》でとれたいちばん新しい青茶は、つい先日、代三郎の茶屋にも納められたばかりだ。運んで来たのは姉婿の慎之助《しんのすけ》だった。義兄はその晩は代三郎の家に泊まったが、とくに稲取屋に届けるといった話は出なかった。

　ということは、ここには誰か他の者が持って来たということだ。

　あらためて座にいる客たちの顔を見回すと、みんな代三郎とは視線を合わせようとはしない。あからさまに顔をそむける者までいるほどだ。

「番頭さん、俺の他にうちの者は来ていますか？」

「どうでしょう。わたしはさっきまで使いに出ておりましたので」

　廊下を戻って一左衛門に確かめたい気分だった。が、その必要はなかった。

　すっ、と庭とは反対側の障子が開いたのが気配でわかった。

　立っていたのは代三郎と同じで上背のある男だった。

「こいつがどんな茶の入れ方をするかと様子見を決め込んでいましたが、ばかばかしくなりました」

「ゲッ、盛平《もりへい》兄」

　猫手村の実家にいる次兄の盛平だった。

「なにがゲッだ。さっきから見ていればなんなんだ、その態度は。ここではお前はいちばんの若輩者だろうが。それが年長の方々に対し挨拶ひとつまともにできぬとは。お前のような者がいては濱田《はまだ》家《け》の名折れだ」

「兄様こそ、いきなりなんですかい。あいかわらずですね」

代三郎には兄が二人いる。長兄の伝蔵《でんぞう》もそうだが、五つ離れた次兄の盛平も弟には厳しかった。

「お前もあいかわらずだらしないな。せっかくの稲取屋さんのお招きだというのに、せめて羽織くらい着て来たらどうだ。なんだ、その埃《ほこり》っぽい着流しは」

「ちょいと大川《おおかわ》の向こうまで出かけていたものでね」

「茶屋も於巻《おまき》にまかせっぱなしのようだな。そこをどけ。考えを変えた。お前のようなやつに貴重な青茶を入れさせるわけにはいかん」

まあまあ、と割って入ったのは千之丞だった。

「ひさしぶりに会ったのに兄弟喧嘩もないでしょう。盛平さんもまずはお座りになられたらどうですか」

「これは、のっけからお見苦しいところをお見せして失礼いたしました」

盛平が謝ると、座にいた人々は「なあに、茶の前の座興と思えば楽しいものです」「そうそう。それに代三郎さんを見ていれば兄上のお気持ちもわかりますよ」と笑って返した。

「確かにねえ。猫手長屋の代三郎さんといえば、ぐうたら大家で知られていますけどね」

などと言うのはこの場の紅一点、小唄の師匠のおまゆだった。

「ここじゃ人をはかるのはいい音が出せるかどうか。その点、代三郎さんはわたしにゃ出せない音を出せますからね」

「なるほど、わかりました」

しかし、と盛平はつづけた。

「今日の会は、この代三郎の入れた青茶をたしなんでいただく会です。かりにもその茶をつくった家の者がまともに入れられぬようでは話になりませぬ」

「そんな会だとは、俺はちっとも知りませんでしたね」

まったくどうなっているのだか。どうせ盛平が勝手にそう決めたに違いない。兄のことだ。たまたま青茶を納めに来たところに弟が来ると知って、急に試すような真似をする気になったのだろう。

「だいたい茶なんか、誰が入れたって……」

「一緒ではない！」

長兄の伝蔵が父親似なのに対し、盛平と代三郎は母親似だ。その代三郎に似た顔が、きっと弟を睨んだ。

「一緒とは言っていませんよ。誰が入れたってそれなりにおいしく飲めると言いたかったのです」

「世間の人たちならそれでよい。が、作り手である我々がそんなことでどうする。最上の茶を最上の味で楽しんでもらいたい。その気持ちがなければ茶をつくる資格などない」

はじまった。兄たちは製茶に関しては優れた才を持っているのだが、どうも観念的過ぎるのだ。

「お前はまさかこの青茶を深蒸し茶のように客に飲ませているのではあるまいな」

まあまあまあ、とまた千之丞が割って入った。

「代三郎の茶屋はいつも賑わっています。それがなによりうまい茶を出している証拠ではないですか」

「場所がいいだけ、ということかもしれません」

立地がいいのは事実だ。日本橋《にほんばし》に近く、神田はもとより大川の対岸からも遠くない。付近に水茶屋があまりないこともあって客の入りはけっこうなものだ。とはいうものの、それが代三郎の手柄かというとそういうわけではない。茶屋を開いたのは祖父である。まだ代三郎が生まれる前、遠縁から猫手長屋の権利を譲り受けた祖父が、大家が営んでいた乾物屋をついでとばかりに茶屋に改造したのである。以来、茶屋は親族の誰かが長屋の大家と兼任で営んできた。代三郎はそれをそのまま引き継いだだけの話だった。

「盛平さん」

手前にいたおまゆが呼んだ。

「兄弟仲がおよろしいのもけっこうですけどね、わたしらいい加減喉が渇いてしまって仕方がありませんよ。そろそろ本当に茶にしてもらえませんか」

「わかりました」

頷いた盛平が茶釜に近づいた。

「あれ、俺が入れるんじゃないですか」

「考えを変えたと言っただろう。お前は見ていろ」

「そりゃないな。せっかくなんだから手伝いますよ」

「ならば、湯を寄越せ」

「はいはい。番頭さん、すみませんが急須を余分に持って来てくれませんか」

すぐに急須が運ばれてきた。代三郎は沸騰している茶釜の湯をそれに移した。さらにまたそれを薬釜に戻す。二度、三度と同じことを繰り返す。

客たちは、不思議なものでも見るようにその様を眺めていた。誰も口を挟んではこない。

幾度か入れ換えたあと、「貸してください」と盛平から茶葉の入った急須を受け取った。その急須に高いところから湯を注ぐ。黙ってそれを兄に返した。

戻ってきた急須を、兄は取っ手を持つのではなく、手の平に乗せた。少し間を置いたのち、急須を持つ手が底から取っ手へと変わり、並んだ茶碗に茶を注ぎ始めた。ほのかに黄色い茶が、その気になればひと飲みで空になりそうな小さな茶碗を満たしてゆく。

「一煎目です。一気にお飲みになるのではなく、まずは口の中で転がしてください」

そう兄が言うや、座敷のあちこちから「うっ」「おっ」といううなり声が響いた。

「これは……」

珍奇なものでも見るように茶碗に残った茶をまじまじと覗き込んだのは呉服屋の主だった。

「うまい！」

盛平が「どうも」と頭を下げた。すぐそばでは、おまゆが目をまるくしていた。

「色が薄いからてっきり味も薄いかと思ったのに。なんなの、この物でも食べているような味わいは」

あっと言う間に各人の茶碗は空になった。

「みなさんが舌で感じられたのは茶葉の旨味です」

盛平が説明した。

「茶葉にはもともと旨味が凝縮されているのです。それを極力引き出したのがこの青茶なのです。別名を冠茶《かぶせちゃ》と言います」

冠茶というのは、わざと陽が当たらないように覆いをして栽培した茶のことを指す。そうすることで、茶葉には旨味がたまる。盛平の蘊蓄《うんちく》にみんないちいち大仰に頷いてみせる。それだけ青茶の味に感動したということだろう。

「では二煎目をどうぞ」

これもさっきの要領で湯を渡す。急須の茶葉は開ききっていない。二杯目も味の濃さはほとんど落ちていないはずだった。

「苦味がまったくありませんな」

呉服店の店主は驚きっぱなしだった。

「湯の熱さがちょうどよろしいんですよ」

先ほどから黙って見ていた番頭が言った。

「みなさんも見ていておわかりでしょう。代三郎さんが湯加減を調節していることを」

番頭は全員が頷くのを待ってつづきを口にした。

「茶葉の旨味を味わうには、このくらいの湯がちょうどいいのです」

「いちばんいいのは、手の平に置ける程度の熱さです。それができぬようならまだ熱い」

盛平が言葉を付け足す。

「弟は自分ではそれを確かめず、頃合いを見てわたしに渡しました」

まあ、と鋭い目が代三郎に向けられた。

「どの茶葉にどのくらいの熱さの湯が適しているか、それくらいはわかっているようです」

とりあえずは及第といったところか。

「さすが血は争えないわね」

おまゆが感心してみせた。

「ところで、御兄上の方は三味線はたしなんではおられないんですか」

「あいにくわたしはなにも」

「兄は製茶一筋でしてね」

三煎目の湯加減を調整しながら言った。

「家の中ではいちばん茶葉に詳しいのがこの盛平兄なんです。上の兄もいい茶をつくりますが、盛平兄にはかないません」

「おだててもなにも出ないぞ」

「別にごまをすっているわけじゃありませんよ。本当のことを言っているまでです」

「お前も、とりあえずは茶屋をまかせておいて大丈夫なようだな」

そこへ、廊下をこちらに近づいて来る物音がした。すぐに一左衛門が来客の修験者とともに現われた。

「みなさま。お待たせいたしました。こちらは美元《びげん》殿、手前どものお客様にございます」

客の名だけ紹介した一左衛門は自分たちの席についた。かわりに番頭が一礼して姿を消した。

「一左衛門さん。余興は済みましたので」

「そうですか。その急須の茶は盛平さんが入れられた茶か。それとも代三郎さんが?」

「二人で入れました。新しいのを入れましょう」

「わたしは今あるものでけっこうですが、美元殿にすでに使った茶葉の茶を出すのは申しわけない。お手数ですがお願いしてもよろしいでしょうか」

「この美元のことでしたらおかまいなく」

修験者がさえぎった。

「相応の茶師の方とお見受けいたしました。どの茶であってもうまいことでしょう」

「まあ、どうせなら一煎目からお飲みください」

さっきまでの要領で盛平に湯を渡す。新しい茶葉が、旨味たっぷりの青茶をつくった。

「これは美味な。このような茶には滅多にお目にかかれませんな。いや、初めてといっていいです」

茶を一口するや、真面目な顔をしていた美元の口もとがゆるんだ。

「ああ、これはいい。この茶にめぐりあえただけでもお訪ねした甲斐があったというものです」

「お忙しき身には染みいることでしょうな。どうですか、今晩はここにお泊まりになられては」

「いや、先刻から申している通り、このあとも行くところがありましてな。みなさまに一説お伝えしたらおいとまいたします」

　そこで、「そうだ」と一左衛門が言った。

「茶はどうでしょう？　水のみという話でしたが、茶はいけませんか」

「いや、茶ならかまいますまい。今いただいたこの茶ならば空になった腹も喜ぶに相違ない。問題はなかろうかと思います」

「それはいいことを聞いた。ならば茶を飲むことにします」

　なんの話をしているのだか、「ときに」とおまゆの声がしたのはそのときだった。

「美元さんは三味線はお好きですか。この会は今日のところは茶飲みの会みたいになっていますが、わたしらいつもは三味線を鳴らして遊んでいるんですよ」

「ほう、これはお邪魔をしたようです」

「来たばかりじゃないですか。どこが邪魔なもんですか」

「このような楽しみの場にわたしのような粗忽《そこつ》な者が入っては無粋というものです。用が済んだら去りますゆえご容赦のほどを」

「わたしゃ別に怒っちゃいませんよ。三味線を聴いていかれますか、と訊いているんです」

「もちろん、お聴かせ願えれば嬉しく思います」

「そいじゃわたしからいきますかね」

おまゆが三味線を抱えて小唄を弾き始めた。合わせて本人が「むしのねを〜」と唄い出す。喋っているときのおまゆは十代の生娘のようなはじけた感じの声を出すが、唄っているときの喉を絞ったような声は大人の女のそれだった。

『虫の音』ですか。さすがおまゆ師匠、空気が伝わってきますねぇ」

短い曲が終わったところで、千之丞が感想を口にした。

「いかがでしたか、美元殿」

一左衛門は客をよほど気遣っているらしく、顔を覗き込むように訊いた。

「今の小唄は、愛しい男とすれ違った芸妓の気持ちを表わしたものです。美元殿のような御方にこんな俗世の唄をお聴かせするのはご無礼でしたかな」

「無礼で悪かったわね」

おまゆが口を尖らせた。

「おまゆさん、へそを曲げないでくださいな。美元殿はそれ、修験者ですから」

「その修験者がなんでこんなところにお出でなんですかね。山伏といったら山にいるもんじゃありませんかい」

「役目がございましてな。それで山より下りて各地をまわっているわけです」

美元が答えた。

「お役目ですか。それはごくろうさまでございます」

「みなさまにおかれましては、病にお困りではございませぬか」

病。その一言で全員が美元に食いついたのがはたからもわかった。

「あるいは商いに憂いはございませぬか」

美元はたたみかけた。

「家の中に、なにか悩みごとはありませぬか」

商売繁盛に家内安全。誰もが関心を持つ話題だった。

「わたしの役目は、そうした憂いをこの世から減らすことでしてな」

「で？」

おまゆが訊いた。

「稲取屋さんになにを売りつけたっていうんですかい」

いきなり喧嘩腰のおまゆを、心配そうにみんなが見つめる。おまゆは視線を気にせずにつづけた。

「ひょっとして、お札かなにかじゃないですかい」

美元の表情は変わらなかった。

「この札を柱に貼って断食をしろとかするなとか、一左衛門さん、そんなことを言われたんじゃないですか」

「おまゆさんは、すでに知っておいでだったか」

おまゆの勢いに一左衛門はうろたえ気味だ。そのおまゆは、いつの間にか般若のような顔になって美元を睨みつけている。

「ああ、知っていますとも。美元さん、あなた、深川《ふかがわ》の名木曽屋《なぎそや》、ご存じですかい？」

「名木曽屋？ 深川ですか。あいにくわたしは江戸の町には疎《うと》いもので」

「ふん、とぼけてんだかなんだか知らないけど、わたしはわたしの知っている話をさせてもらうよ」

えらい剣幕のおまゆを前に、まわりの男たちはしんとしている。千之丞も盛平も黙って見ている。みんな不穏な空気に緊張しながらも、おまゆの話に興味を抱いているようだった。

「あれは三日前のことだよ」

おまゆが語ったのは、代三郎が知っている通りの話だった。知らなかったのは、名木曽屋の妻が小唄を習っていて、その師匠がおまゆだったということ。そして札売りが修験者であったということだった。

「美元さん、あんたは知らぬと言うけれど、名木曽屋さんを訪ねた札売りも修験者だったそうだよ。よしんばあんたじゃなくても、同じ穴の狢《むじな》ってやつじゃないかい。おかしな札を高値で売りつけて、断食などやらせて、挙げ句に命を奪ってしまう。あんまりったらあんまりじゃないかい。そんないんちき商売、わたしが許さないよ」

青ざめた顔の一左衛門の隣で、美元は澄ましていた。

「人聞きの悪い話を。あなたは名木曽屋さんのお内儀にその話を聞いたのですか」

「おていさん……名木曽屋のおかみさんは信じきっていたよ、その札売りのことをね。ありゃ亡くなる前の日の稽古のときだったね。すっかり痩せほそっちまったからいったいどうしたんだって聞いたら『断食療法』について話してくれたよ。断食を五日もつづけりゃ病知らずになって、おまけに幸をもたらす座敷わらしが居着くだなんだとね。今思うと、そんなでまかせ信じちゃいけないって止めるべきだったよ」

とにかくね、とおまゆはつづけた。

「あの人を弔った帰り道、わたしゃ富岡八幡《とみがおかはちまん》に誓いを立てたんだ。絶対にその札売りをとっつかまえてとっちめてやるってね。美元さん、あんたじゃなきゃあんたの仲間か誰かがやったんだろ。知っていることを全部この場で吐いちまいな。本当に今日はここに来てよかったよ。まさかこんなにすぐに尻尾をつかまえることができるとはねえ」

腕をまくったおまゆは今にも美元に飛びかからんばかりだった。

「人殺し扱いとは、あんまりな話ですな」

美元は静かな目でおまゆを一瞥《いちべつ》し、それから全員の顔を眺め回した。

「いかにも、その札を売ったのはわたしの朋輩です」

座にいる者同士、顔を見合わせた。

「しかし、なにか誤解があるようですな」

美元が脇にあった包みを開いた。中から札を取り出し、かざすように見せた。

「おまゆさんと申されましたな。これがその〈病知らずして座敷わらし呼び込む幸の札〉です」

庭の池が反射する光にでも当たったか、その瞬間、札が白く光った。

「この札をお渡しするのは、わたしが修行を勤めた寺の御本尊たる地蔵菩薩《じぞうぼさつ》様のお慈悲を受けるに足ると選ばれた御方々のみと決められております。幸いにしてみなさまにはそれにふさわしき信仰心があるとお見受けいたしました」

美元の言葉に、誰かの「ほう」という声が聞こえた。

「一枚三両にてお分けしております。いかがですか、みなさんも」

「三両？　これは安いものだ」

答えたのは呉服屋の主人だった。

「ですよねえ。幸は自分一人のものにしてはいけない。そう思って美元様をこの場にお通ししたのですよ」

一左衛門はニコニコしている。盛平まで「断食か、茶の味を感じるにはかえってよいかもしれぬな」などと言っている。

どうもおかしい。札を見た途端、みんなそれに魅せられてしまったようだ。

「美元さん」

おまゆの声は、さっきまでとは違いやわらかかった。

「わたしにも一枚、売ってもらえるかねえ」

豹変ぶりに、代三郎は思わず「はあ？」と声を出してしまった。美元がたしなめるような視線を投げて寄越した。

「ああ、いやあ……素晴らしいお札ですね。うちにも一枚ほしいや」

「ぜひどうぞ。時をかけて霊力を封じ込めたものでありますから、それ相応の喜捨《きしゃ》はお受けすることになりますが、得られる御利益ははかりしれませぬ」

「でも、断食をしなきゃならんのですよね。俺にできるかなあ」

「それもお札が助けてくれます。札を正しき場所に貼れば、不思議と空腹を感じずに食を断つことができるのです」

「名木曽屋さんのおかみさんみたいなことになりゃしませんかね」

「その方はきっとご運がなかったのです。亡くなられるようなことは滅多にありません。なに、五日のことです。五日間は札の御力でほとんど夢心地でいられます。そしてそれが明けたときには病知らずとなり、家には座敷わらしが居着きます」

そうねえ、とおまゆが頷いた。

「おていさんはきっと、運が悪かっただけなのよねえ」

しなでもつくりそうな声だった。

「それ、もう一度これを御覧あれ」

かざした札がまた光った。

「ああ、神々しいこと」

おまゆはうっとりしている。おまゆだけではない。誰もが天女でも見るような目で札を仰いでいた。盛平も千之丞も一左衛門も、みんな惚けた顔をしていた。代三郎もそれを真似た。

「そうだ……美元さん」

「なんですかな」

「すばらしいものを見せてくれた御礼がしたいのです。俺の三味線、聴いてもらえますか」

「もちろんです。お聴かせ願えますか」

では、と代三郎は立ち上がって離れた場所にある三味線を取りに行った。ついでに頭陀袋を軽く蹴飛ばす。

「起きてんだろ」

もぞっと、中の栗坊が動いた。

「出て来いよ」

振り返った代三郎は、三味線の弦をまとめて何本か鳴らした。じゃーん、という音が広間に響いた。

美元の顔が、一瞬ひきつった。

「俺のは、おまゆさんとは違って早弾きでね」

ベンベンべべベン、ベンベンべべベン。

かき鳴らされる三味線の音に、美元は思わず札を下げて立ち上がった。

「どうなされた?」

一左衛門が訊いた。

「ははは。こんな三味線を弾くのは代三郎くらいのものだからな。驚かれましたか」

千之丞が笑っている。

代三郎は弾きながら、ずりっと一歩前に出た。足もとには頭陀袋から出て来た栗坊がいる。

「おっ、栗坊じゃないか、いたのか」と千之丞が手招きする。

ずりっ、ずりっ、と前に出る代三郎に、美元がたじろいだ。

「稲取屋さま」

「なにか」

「お伝えすることはお伝えいたしましたゆえ、次の用向きもあることですし、このへんでおいとまいたします」

「それはまた急な」

「さっきも申したではないですか」

下げていた札を美元が一左衛門にかざす。

すると茶商は「承知いたしました」と引き下がった。

代三郎は三味線をさらに強く鳴らした。その音に抗うように美元が顔を向けた。修験者の顔面は蒼白だった。

美元が代三郎に札を向けた。足もとで栗坊が「ウニャア〜」とうなり声を出した。

「栗坊、こっちにおいで」

千之丞が手をのばし、栗坊を横から抱いた。代三郎の注意がそれたときだった。「では」と美元が畳の上の包みを拾って急ぎ足で部屋から出て行った。

「あっ、美元様」

一左衛門はきょとんとしている。

「出て行かれてしまった。なんとまあ、慌ただしい」

「お前が汚い音を聞かせるからだ。なんだあの品のない音は」

三味線を弾く手を止めた代三郎に盛平が毒づいた。

「あ、札がない。札まで持って行かれてしまった」

一左衛門が慌てた。

「俺が追いかけてもらってきますよ」

代三郎が千之丞の腕の中にいる栗坊を振り返った。

「栗坊、来い」

縄から抜けるように栗坊がするりと出て来る。

「みなさんは楽しんでいてください」

愛猫を従えて、代三郎は廊下に出た。すでに美元の姿はない。店の中にもいない。仕事に戻っていた番頭に尋ねると「こちらには来られませんでした」と言う。履物も残ってはいなかった。手代の一人が「来たときは裏の戸から上がられましたので、そちらでは」と言う。すぐに外に出て裏通りに走った。こちらにも姿はなかった。だが、栗坊がなにかを感じたらしく、一方に向かって猛然と走り出した。代三郎も裾《すそ》を躍らせてそれを追った。

第四章　座敷わらし

日暮れが近かったが江戸《えど》の中心部である。往来はまだ行き交う人で混雑していた。走る代《だい》三郎《ざぶろう》を見て、「なんだ」「喧嘩か?」と振り返る人々がいる。

「はあ、もう無理だ」

息が切れて足を止めたのは神田《かんだ》川近くまで来たときだった。

栗坊《くりぼう》はどこか。川辺まで出て見回すが、目に入るのは夕刻の風になびく柳の木や岸につないだ舟くらいであった。この辺りは町人地と武家地が入り組んでいて、同じ神田でも猫《ねこ》手《て》長屋のある南側に比べると人通りは少なかった。

「おーい、栗坊」

こっちかな、と神田明神《みようじん》の方角に歩いた。美元《びげん》はどこに消えたか。川を越えて不忍池《しのばずのいけ》の辺りまで行ったかもしれない。それとも通り過ぎてきた辻のどこかに潜んでいるか。とにかく、さっきのあの慌てようは尋常ではなかった。

「代三郎」

声がした。きょろきょろしていると、「こっち」と家々に挟まれた小道から浄衣姿《じょうえすがた》の童子となった栗坊が顔を覗かせていた。自分もそこまで行ってから訊いた。

「あの男、どこに行った？」

「すぐそこの空き家に隠れている」

「逃げられたかと思ったぜ」

「逃げ足は並の人と変わりなかったよ」

「そうか」

しかし、稲取屋《いなとりや》のあの広間で見せた札にはおかしな力が宿っていた。あれをかざされた途端、座にいた者は代三郎をのぞいて全員がまるで催眠術にでもかかったかのように美元に対する疑念を、まるでそんなものなどなかったかのように忘れてしまった。それになにより、代三郎が三味線を鳴らすや取り乱して逃げ出すところなど、まったくもって怪しい。

「深川《ふかがわ》の帰りに、まさか稲取屋さんで会うとはなあ。運がいいと感謝すべきかな」

「どうする？　できればつかまえて口を割らせたいね」

「お前はどう思う？　あれは生身の人間か」

「つついてみないことにはわからないな」

「できれば稲取屋さんの広間で吊るしあげたかったんだがな」

「千之丞《せんのじょう》さんに邪魔されちゃったね。でもいいや、へたに実は魔物でしたなんてことになったら、あそこにいたみんなが大変だった」

「あいつの話が本当だったら、札売りは他にもいるんだな」

「そうみたいだね」

「ああやだやだ。面倒くさいことになりそうだ」

「面倒くさがらないの。やるよ！」

「おう」

小道には他に人の姿はなかった。栗坊はぱっと猫の姿に戻ると、狙いをつけた空き家の塀を飛び越えて、向こう側から閂《かんぬき》のかかった戸を開いた。代三郎がそっと門をくぐり抜けたときには、栗坊はもう童子の姿になっていた。

空き家は小振りの武家屋敷だった。なにか事情があって一家ごと引っ越したらしい。

「あいつはどうやって入ったんだ」

ひそひそ声で話す。

「さあ、ぼくみたいな技を使ったのかも」

「俺たちが魔物退治だって気付いたかな」

「あれだけ派手に三味線を鳴らされちゃたまんないでしょ。代三郎、念を送りまくっていたよね」

「まあ、逃げられはしたけれど尻尾を出してくれて助かったよ」

開けた閂をもとに戻し、いつでも弾けるように三味線を抱えた。栗坊の手が浄衣の帯から下げた小物の太刀に触れた。太刀は一瞬にして本物となり、栗坊の手に握られた。

栗坊、代三郎の順に忍び足で母家に近づく。栗坊が触れると、母家の戸が開いた。簡単に中に入ることができるのはありがたい。けれど、内部に誰かいるのなら物音と射し込んだ外の光ですぐに侵入者が現われたことに気付くはずだ。

「暗いな」

「人間は不便だね」

栗坊がもう一度猫に戻って家の奥へと入って行く。代三郎は光の届く戸の近くで目が暗さに慣れるのを待った。

廊下を自分も奥へと進んだ。幸いなことに襖《ふすま》や障子の類はすべて取り払われているようだった。狭い場所でいきなり襲いかかられるよりはいい。

左右に部屋があるところまで行って、立ち止まった。閉じた雨戸の隙間から、わずかに光がこぼれている。耳を澄まし、目を閉じた。五感を研ぎすまして気配を窺《うかが》う。

どれくらいたったか。

がさっ。離れたところで音がした。

目を開く。真っ暗闇に浸っていたおかげでさっきよりは部屋の内部が見通せる。それでもまだ暗い。部屋の隅まで移動して、栗坊の動きを待った。

物音が響いた。栗坊が暴れている。別のなにかも。

「ニャーオ！」

威嚇する声。次いで「代三郎！」と声が響いた。

「魔物だ！」

「よし」

返事をすると同時に、おもいきりすぐそばの雨戸を蹴った。衝撃で雨戸がはずれた。もう一枚、蹴飛ばす。部屋の中が明るくなった。できれば派手な音は立てたくなかったが、背に腹は替えられない。

三味線を鳴らす。廊下を隔てた向こうの部屋で栗坊が太刀を構えていた。

もう一枚、雨戸を蹴飛ばして室内を移動する。栗坊の向こうで黒い影が蠢《うごめ》いている。代三郎は三味線をかき鳴らしながら、栗坊に近づいた。

「ぐふううう」

魔物が苦しげに唸っている。が、勢いはない。すでに栗坊に一太刀か二太刀喰らっているようだった。

「こいつ弱いよ。使い魔みたいだ」

「油断するな。そう見せかけているだけかもしれないぞ」

魔物の中には使い魔を手下として操る者もいる。使い魔は、たいていの場合、もとを辿ると獣や虫などの生き物だったりする。しょせんは下僕なので、魔物に比べればはるかに与《くみ》しやすい。

蠢く影はぐにゃぐにゃと形を変えている。人の形に近いかと思えば四つ足のなにかのようでもあり、あるいはそのどれでもない半液状の物体となって収縮している。

「代三郎、三味線をゆるめて」

栗坊に言われて早弾きを弱める。三味線の音色が放つ圧力に動きがとれずにいた影が「ふうー」と息を吹き返した。

「お前、使い魔だろう。主はどこだい?」

栗坊が尋ねた。

「もとの姿はなんだ。現世のものなんだろう。素直に教えてくれればもとに戻してやる」

ふうう、ふうう、影は答えずに呼吸を繰り返している。収縮とともに、形が四つ足へと変化していく。さっきまでは人の姿をしていたが、もともとは獣だったのだろう。

「代三郎の三味線を聴いて顔色を変えたな。わかりやす過ぎるよ、お前」

栗坊が太刀を構えなおした。

「残念だなあ。なにも答えてくれないのなら、滅するしかないよ」

最後の反撃を試みようとしているのか、影が大きく膨らんだ。

「覚悟！」

天井までのびた影が、四肢を広げて栗坊を抱き込もうとした瞬間だった。

代三郎の撥《ばち》が、目にも留まらぬ勢いで弦を弾いた。

「ぐわあっ！」

影がのけぞった。

力強い音が響く。影は頭を抱えてもがき苦しんだ。

「今楽にしてあげる」

栗坊が、影の胸とおぼしきあたりに太刀を突き刺した。室内に閃光が走った。代三郎は三味線を弾く手を止めた。

眩い光に閉じた瞼を開いたときには、もう影は跡形もなくなっていた。

背中を向けていた栗坊が振り向いて、太刀を鞘に納めた。

「あっけなかったな。やっぱり使い魔か」

「正体を明かさなかったね。あの美元っていう人が乗り移られているのかとも思ったのだけど、人間に化けていただけみたいだ」

栗坊の手にあった太刀がするすると小さくなり、小物となって手の平に乗った。それを帯に紐でくくりつける。帯には他に小さな弓や笛などもぶらさがっている。どれも魔物退治で使う道具類だった。

「だとしたら、少なくともそれを操っている魔物がどこかに潜んでいるということだな」

「使い魔も、今のやつだけじゃないかもね」

「てっきり魔物そのものかと思ってことを急いでしまったな」

はあー、と代三郎はため息をついた。

「慌てるなんとかはもらいが少ないってやつだな」

最初から使い魔とわかっていれば対応の仕方も違った。ひとまずは騙されたふりをしてあとをつけるとか、うまく乗せて喋らせるとか、なにか別に方法があったはずだ。

「まあ、めげてもしょうがないよ。逃げられなかっただけましでしょ」

「ちっ、お前は気楽でいいよな」

「まあまあ、お土産もあることだしさ」

「お土産?」

「あれ」

栗坊が指さしたのは、部屋の奥に転がっている包みだった。拾ってみると、あの断食療法の札が入っていた。

「隠す暇もなかったんだな」

札は手にとってみると、なんということはないものだった。表面に書かれている文言も「南無地蔵菩薩《なむじぞうぼさつ》」だけで、なんの変哲もない。

「とりあえずはこれだけでも収穫と言えるかな」

「そうだね」

「雨戸をもとに戻して帰るとするか」

外に出て、はずれた雨戸を取り付けていると、塀の外から男の声がした。

「中に誰かいるというのか？」

「確かに音がしたんです。それに、なんだか三味線の音みたいなのが聞こえていました」

この空き家に関係している人間たちらしかった。少なくとも二人はいるようだ。代三郎と栗坊は顔を見合わせた。

門の扉ががたがたと鳴った。

「門はかかっているぞ」

「そのようですな」

じっと身を潜めていると、「おーい」という声がした。

「誰かいるのか？」

代三郎の目配せに、栗坊が頷いた。

「ニャア〜ン」

「ん、猫か」

外にいる人間にも鳴き声が届いたようだった。猫に戻った栗坊が、門の方へとまわり込んで塀に飛び乗った。

「ニャアア〜ン！」

威嚇するように鳴く。

「なんだ、猫じゃないか」

「鼠でも追いかけていたんですかね」

「猫同士の喧嘩かもしれんぞ」

「たいそうな派手な音を立てやがって。おいお前、ここはなあ、空き家なだけで人の住む家なんだぞ。出てけ」

「猫に言ってもわかるまい。鼠を退治してくれているならありがたいではないか」

「またそんなことをおっしゃって。縁の下で子どもでも生まれたらどうします？」

「猫の世のことは猫にまかせておけばいい」

声の調子からして一人は武家で、もう一人はこの家の管理をまかされている町人といったところか。栗坊がもうひと鳴きする。あとは外の道に飛び降りたようで、気配がなくなった。男たちもうまい具合に立ち去ってくれた。代三郎はそれを確かめるとはずした雨戸をそっとはめ直した。

門をはずしたままでは誰かが入ったとわかってしまうので、屋敷の裏にまわった。思った通り木戸があった。外に錠がかかっていたが、脇の塀は表側よりもだいぶ低かったので簡単に乗り越えることができた。

小道に下りて着物にまつわりついた埃《ほこり》をぱんぱんと手ではたく。盗人にでもなった気分だった。

魔物退治も楽ではない。

見あげると家々の軒と軒の間に星が瞬いていた。

朝から忙しい一日だった。

栗坊はおそらく一足先に帰っている。代三郎はあとを追うように猫手長屋への道筋を辿った。

「お帰りなさい」

長屋に戻ったときには、茶屋はすでに於巻《おまき》によって閉められていた。木戸をくぐって長屋の中庭に面した戸を開けると、奥の竈《かまど》で於巻が夕餉《ゆうげ》の支度をしているところだった。入ってすぐの居間にはすでに膳が並んでいた。

「栗坊は?」

竈に顔を出して声をかける。

「さっきまで猫まんま食べていたけど、今は上で寝ているんじゃないかな」

「あいつからなにか聞いたか」

「まだ。餌くれ餌くれニャアニャアってそれだけよ。その様子だと深川まで行った甲斐があったみたいね」

「いろいろあった。けどまだ片付いちゃいない」

「それなら夕餉を食べて力を蓄えなさいな。それとも湯屋に行く?」

「疲れたから俺も飯を食って寝るよ」

「ちょっと待ってて。あとはご飯と味噌汁をよそうだけだから」

「体を拭く。手拭《てぬぐい》を濡らしてくれ」

「はいよ」

濡れ手拭が飛んできた。汗で汚れた体をぬぐった。

「稲取屋さんで兄様に会ったよ」

「伝蔵《でんぞう》さん？　それとも盛平《もりへい》さん？」

「盛平兄」

「あらら。みなさんの前でお小言でも喰らったの」

「隣の部屋に隠れて俺がどんな茶を入れるか見ようとしていやがったよ」

「盛平さんらしいな。代三郎さんが心配でならないのよ」

「はあ？　どうしてお前はそういい方にとるのかな」

「だってそうじゃない？」

「兄様が心配なのは猫手茶と濱田家《はまだけ》の評判だよ」

「いいお茶は入れられたの？」

「入れたのは兄様さ」

「なんだ。結局そうなったのね」

違うだろう、と後ろから声がした。

「湯をいい塩梅にしたのは代三郎じゃないか」

「あら栗坊、起きたの」

猫の姿で二階で寝ていたはずの栗坊は、また人の姿になっていた。

「話しておきたいことがあってね」

「夕餉を食べながらでもいいか」

「かまわない」

於巻と二人で食事にする。栗坊も茶を飲んだ。代三郎は今日あったことを於巻に話しながら箸を進めた。

「ふうん。おまゆさん、亡くなったおかみさんに小唄を教えに行っていたんだ。偶然だね」

「ああ。それにしても千両箱まで盗まれたとはな」

「巡啓《じゅんけい》さん、千両箱についてはなにも言っていなかったね」

「知らないか、名木曽屋《なぎそや》さんに口止めされたかのどちらかだろうな。巡啓さんのことだから、人に頼まれたらそれに応えるだろうよ」

「なにか関係していそうだね。例の断食療法と」

うーん、臭う臭う、と於巻は笑った。

「まだわからないけどな。いずれにしろもうちょっと慎重にやりゃあよかったよ」

そこまで言って、思い出した。

「あ、そういや稲取屋さんに戻らずそのまま帰って来ちまったな」

「退治したんでしょう。どうにかなっているんじゃない？」

「だとは思うけどな」

於巻の言う通り、稲取屋にいた面々はすでに美元のことを忘れているはずだった。自分がいないことも「代三郎さんは用があって中座した」程度の認識でいるのではなかろうか。大《おお》猫《ねこ》様に言わせると、「魔物とは本来この世に存在しないもの、よって人はそれを見ても頭の中には残りもせぬ」のだという。実際、これまでも似たようなことは何度もあった。人はたとえ魔物やその使い魔を目にしても、それが退治されてしまえば申し合わせたかのようにきれいさっぱり忘れてしまうのであった。難しいことはともかく、どうもこの世と魔物との関係はそういうものであるらしい。

「ところで代三郎」

黙って話を聞いていた栗坊が口を開いた。

「あの札、持ち帰ったでしょう」

「ああ。そこにあるよ」

壁に立てかけた三味線の下に札の入った包みがあった。

「貼ってみない？」

「この家にか。俺に断食をしろっていうのかよ?」

「そんなことは言わないよ。するとかえって向こうの思う壺だったりするかも」

「どういう意味?」

訊いたのは於巻だった。

「断食なんかすると人は普通じゃなくなるでしょ。おなかが減ってふらふらするし。ぼくが魔物だったらそういうところを狙って悪さを働くけどな」

「なるほどね」

「一理あるな」

ただし、と栗坊はつづけた。

「逆にもし相手がどこかから、そう、たとえばこの札を通してこちらを窺っていたとしたら、断食をしない相手を警戒して出て来ないってこともあるかもしれないけれど」

「それもありだな」

代三郎は包みの札を取り出した。

「なにもしないうちからあれこれ考えても仕方ないか。えーと、北の柱とかって言っていたな」

あの使い魔を倒してしまったのだから、もうなにも起きないかもしれない。しかし試してみる価値はありそうだった。

「そうだな」

「二階の柱にでも貼ったらいいんじゃない」

於巻が提案する。

「なんで二階なんだよ」

二階は代三郎の寝所だった。長屋に来た頃は一階のこの部屋に寝ていたのだが、朝があまり遅いものだから「これじゃ掃除もできやしない。邪魔よ」と於巻に二階に追い立てられてしまったのだ。

「どうせ出るなら代三郎さんたちの近くに出た方が退治するのに楽でしょ」

「やられちまったらどうするんだよ」

「大丈夫よ。栗坊もいることだし」

「勝手なこと言いやがって」

「わたしこそ嫌だよ。へんなものが出て来たら」

於巻は一階のこの居間の隣にある小部屋で寝起きしていた。

「出るったって座敷わらしだろう。どうってことないじゃないか」

「自分だって、やられちまったらどうするんだなんて言っているじゃない」

二人とも待って、と栗坊がさえぎった。

「いちばん北側の柱っていうのは、ようするに家のいちばん奥の部屋ってことでしょう。この家だったらこの部屋じゃないの」

南側に面した茶屋を表と見なすなら、ひとつながりの建物の中でいちばん北側となると、確かにこの部屋がそうだ。日の当たらぬ家の北側は本来、台所とすべき場所である。それが中庭に面していて長屋の住人達の出入りもあることから、帳場を兼ねた居間としているのであった。

「この部屋に貼れっていうのか」

問い返す代三郎に「それがいいんじゃない?」と童子もまた問い返す。

「と、栗坊が言っているぞ、於巻」

とうの於巻は、「はいはい」と観念した顔で立ち上がった。

「じゃあ、ここに貼っちゃいましょ」

「いいのか」

「仕方ないでしょ」

於巻が代三郎の手から札を奪った。竈の釜から米粒をすくい、それをつぶして糊《のり》がわりにし、中庭につづく戸の横にある柱にぺたんと貼り付けた。

「そのかわり、今晩からわたしも二階で寝るからね」

「ま、その方がいいかな」

「寝ているときは戸に錠をしておいた方がいいんじゃない」

「そうだな。やすやすとは逃げられないようにしておこう」

物の怪には壁や戸くらい平気で通り抜けてしまう力を持つ者もいるが、この家には大猫様のまじないがかかっている。家自体を破壊するような怪力の主ならともかく、座敷わらしくらいなら閉じこめるのは造作もないことだった。

「順番で寝ずの番でもする？」

「そうしよう。最初は俺が起きているよ」

ん、と気付くと、栗坊が猫に戻ってまるくなっていた。

「あらら。疲れたのね」

「使い魔だからって、本気でやりあったからな。どれ、上に運んでやるか。お前、湯屋はどうする？」

「行って来る。それともすぐに座敷わらしが出て来るかな？」

「たいていは何日かかかるみたいだけどな」

「それなら平気ね」

膳を片付けると於巻は湯屋に出かけた。代三郎は栗坊を抱いて二階に行き、布団を二人分敷いた。枕元に栗坊を置く。猫は一瞬目を開けたが、すぐにまた閉じてまるくなった体の中に顔を埋めた。楽な姿勢でいようとごろんと布団の上に横になると、すぐに眠気が襲ってきた。「起きているよ」と言ったばかりなのにこれだった。

ま、いいや。

まさかすぐには出て来るまい。それに半刻かそこらで於巻も帰って来る。

目を閉じると同時に、代三郎はすうすうと寝息を立てはじめた。

あれからどれくらいたったのだろう。いいや、まだそうはたってはいないはずだ。

目が覚めたのは、一階の物音に気付いたからだった。

誰かが歩きまわってなにかをしている。

於巻かな？

隣の布団に於巻が寝ている気配はない。となると、湯屋から帰って来た於巻が柄杓《ひしゃく》に水でも汲んで飲んでいるのではなかろうか。薄目を開けて首を動かすと、やはり隣に於巻の姿はなかった。栗坊はさっきと同じ場所でまるくなったままだ。

かたことと小さな音が響いている。於巻のやつ、なにをしているのか。さっさと寝ないと湯屋であたためた体も冷えてしまうだろうに。

栗坊がのそっと立ち上がり、部屋から出て行く。とんとんとん、と階段を下りる音がする。

喉でも渇いたか。よくあることなので気には留めないでおく。それより睡眠だ。寝よう、寝よう。

ふたたび深い眠りの底に落ちようかとしていたそのときだった。

「ちょっとあんたなにしてんの？」

二階まで、於巻の声が聞こえてきた。

栗坊がなにかおいたをしたようだ。

……ばかなやつ。

ふっと笑みを浮かべてそのまま寝る。

「ははーん、狙いは銭ってわけね」

於巻が怒っている。

「ふざけんじゃないわよ。あんたそれでも座敷わらし？」

え？

「こらっ、逃げるんじゃない」

なに？

「栗坊、つかまえて！　そんなとこ逃げても無駄よ」

がばっと布団から飛び出た代三郎は、梯子《はしご》状の階段を一階まで転がるように駆け下りた。

「於巻、どうした？」

居間は暗い。竈も廊下も暗い。寝る前に行灯《あんどん》を消したのでほとんど真っ暗だ。

「こっちよ」

竈のもっと向こう、茶屋の方から声がした。

「そんなところに隠れても無駄よ。丸見えなんだから出ていらっしゃい」

どうやら何者かが茶屋の中に逃げ込んだらしい。於巻と栗坊に追い詰められているようだった。

竈まで行くと、暗闇の中で、ひとつながりになっている茶屋の座敷に湯屋帰りの洗い髪を下げた於巻がこちらに背中を向けて立っているのがわかった。

「代三郎さん、火をお願いしていい？」

「待っていろ」

竈のおき火で灯明《とうみよう》をつけた。近くにあった行灯にも火を移した。

灯明を持って於巻の横に並んだ。

「どこにいる？」

「そこ」

灯明をかざすと、土間に置いた縁台の上に栗坊が乗っている。その先に、しゃがんで隠れているなにかがいる。

「座敷わらしか」

「あんたねえ。出た家が悪かったわね。わたしたちにはあんたが丸見えなの」

でも、と於巻は言った。

「心配しなくていいわよ。わたしたちはあんたたち座敷わらしとは仲がいいんだから。この茶屋にはしょっちゅうあんたたちの仲間も来るのよ」

代三郎は草履《ぞうり》をつっかけて縁台の上まで灯明を運んだ。火に照らされた相手を見下ろす。壁の隅で小さくなっている座敷わらしがびくついた顔で訊いてきた。男の子だった。

「ど、どうして？」

「なんだ？」

「どうして思うように素早く動けないんだ」

「ははは。ここはそういう家だからだよ」

「なにかまじないでもかかっているっていうのか」

「そうだな。お化け屋敷だからな」

「ひえっ、お、お化け！」

「お前だってお化けだろう。なにびびってんだ」

「お、お、俺をとって喰っちまうのか。そ、その猫、まさか化け猫じゃねえだろうな」

「ありゃ、ばれた？」

ニャア〜と栗坊が抗議の声をあげた。

「はははは、冗談だよ。それよかお前、あの札から出て来たのか？」

う、と黙った男の子に、後ろから於巻が「そうよね」と言った。

「で、家の中を漁っていたところを湯屋から戻ってきたわたしに見つかっちゃったのよね」

「なんであんたには俺が見えたんだよ。おまけにこんなに暗いのに」

「悪いことはできないものね」

於巻は問いには答えずに追い詰める。

「見たところ魔物ってわけじゃなさそうね。素直に答えなさい。なんであんたは座敷わらしのくせに家捜しなんかしているの。誰に言われてやっているの？」

「だ、誰にって……」

「あの『断食療法』ってなんなの？」

「知らねえよ。俺たちはただ、断食をして大変な人がいるからそばに出てやれって言われたんだ。そうすりゃその人は俺たちのことをありがたがってくれるからって」

「ありがたがってくれて、それで？」

「ただ、その家にあるのはよくねえ銭だからとってこいって……」

「あんたにそんなばかなことを吹き込んだのは誰？　札売り？」

「じ、地蔵菩薩様だよ」

「仏様がそんなことを言うわけないでしょ」

「だって、本当なんだよ」

訴える座敷わらしの顔は真剣だった。

代三郎は座敷わらしの顔をじっと見た。

「ちょっと待て」

「なんか、どっかで見た顔なんだよな。お前、どこの出だ？」

「は？」

「お里だよ。お前の言葉にゃ奥州《おうしゅう》訛りが少しもない」

「そ、それがどうかしたのか」

座敷わらしはぴんとこないといった顔をしている。

「この茶屋に来る連中は、みんな多かれ少なかれ言葉に奥州の訛りがあるんだよ。なのにお前の喋りときたら江戸の子どもと変わりゃしねえ」

「だっておれは江戸の生まれだもん」

「座敷わらしも江戸で代替わりするってことか。どうなってんだ」

「どうもこうもないよ。俺はただ言われたことをやっているだけなんだ。お札から飛び出したら、そこんちにあるいちばん高いものか銭を持って帰るってな」

「どこへだ」

「地蔵菩薩様のとこだよ」

「その地蔵菩薩様とやらはどこにいるんだ」

「寺だよ」

「寺？　お前、寺から来たのか」

「俺だけじゃねえ。みんないる」

「みんな？」

「それより、なんであんたたちには俺が見えるんだ。生きている人にゃ誰も俺のことなんか見えないはずなのに」

「俺たちはそのへんの人とはちょっと違うもんでね」

「やっぱお化け？」

「お化けじゃねえよ」

なんだかおかしい。お化けをこわがる座敷わらしなんか聞いたことがない。

「お前、名前なんていうんだ」

覗き込んで訊いてみた。

「……三太《さんた》」

「三太か、立てよ。甘いもんでも食わせてやる。ここは寒い。こっちに来い」

三太を連れて居間に行った。栗坊もついて来る。すぐに於巻が甘納豆を器にのせて持ってきた。

「わあ、甘納豆」

「うまいぞ、食え」

三太は嬉しそうに甘納豆を頬張った。

「甘いなあ。こんなのひさしぶりだ」

「そうか。よかったな」

「これ、おかあちゃんが好きなんだ」

「おかあちゃんのいるあんたが、なんで座敷わらしなんかやって人の家に入り込んだの」

於巻も、目の前にいるのが自分たちのよく知っている座敷わらしではないことに気付いているようだった。

「地蔵菩薩様にそうしろって言われたから？」

「言われた通りにやってくれれば、またおかあちゃんの子どもにしてくれるっていうから」

「三太、あんたとおかあちゃんは離ればなれになっているわけね」

「うん」

「また子どもにしてくれるって、どういう意味？」

「それは……」

「ん、栗坊、どうした？」

横にいた栗坊が代三郎の足を爪で引っかいていた。

「あれ、焦げ臭くない？」

於巻が鼻をくんくんとさせた。行灯を見るが異常はない。

「あっ」

見つけたのは、柱に貼った札だった。札に火がついてめらめらと燃えている。

「消すんだ」

立ち上がったところで、三太が「うわあ」と悲鳴をあげた。

「うわっうわっうわっ」

目をむいて叫ぶ三太の五体はぶるぶると震えていた。

「どうした三太」

「わああっ、わああああああ――――っ！」

絶叫する三太の体が、絞った雑巾のように細くなっていく。これには代三郎も驚いた。

「おいっ、三太」

三太は回転しながら紐のように細くなり、しゅるるっという音とともに宙に飛んだ。

「はぐうううううう――――」

座敷わらしはその声を最後に燃え盛る札に吸い込まれてしまった。

「なによ……これ」

「於巻、どいて」と後ろから栗坊の声がした。また人の姿になった栗坊が、竈の水瓶から汲んできた桶の水を柱に浴びせた。火が消えた。

札は灰ひとつ残さずに燃え尽きていた。

「なんてこった……」

まさか家の中でこんなことが起きようとは、すっかり油断していた。

「あの子、口を塞がれたね」

栗坊が言った。

「かわいそうなことをしちゃったわね。あの札、先に始末しておくんだった」

於巻も首を垂れていた。

けれど、これでわかった。あの座敷わらしや札売りの背後には、間違いなく何者かがいる。

「地蔵菩薩って言っていたな」

「本当に仏様なのかしら」

「さあな」

代三郎は甘納豆をつまんで口に放り込んだ。

「そうね」

「あいつ、うまそうに食っていたな」

「もうちょっと食わせてやりたかったよ」

よく見ると、器の甘納豆は少しも減っていなかった。

「やさしいわね。代三郎さんは」

「札も燃えちゃったし、もう今夜はなにも起こりそうにないね」

ぼく寝るよー、と栗坊は猫に返って二階に上がって行った。

「於巻、湯冷めしちまっただろう。さっさと布団をかぶって寝るんだな」

「そうするわ」

「寝ていて蹴飛ばすなよ。お前は寝相が悪いからな」

「それは子どもの頃の話でしょ。今はましよ」

「どうだかね」

用を足すのに厠《かわや》に行ってから寝床に戻った。於巻と栗坊はもう寝ていた。

「ずぶといやつらだな」

横になると、さっきのことが思い出された。

吸い込まれてゆく三太の悲鳴が耳について離れない。

ぐるぐると頭にまわるそれと一緒に、ふたたび眠りについた。

第五章　芝居小屋

神棚の招き猫に向かってパンパンと柏手を打つ。背後では佐ノ助《さのすけ》と初吉《はつきち》親方が碁を打っている。もうとっくに昼飯の時間は過ぎた。昼八ツの鐘も鳴ろうというのに、二人とも仕事はどうしたんだか、熱戦となった一局をやめられずにいるようだった。

あれから半月、今や代三郎《だいざぶろう》には神頼みくらいしかやることがなくなっていた。三太《さんた》を吸い込んだ札が燃えてからこのかた、近所を歩いてもどこにも札売りにまつわる話は聞こえてこなかった。稲取屋《いなとりや》やおまゆの家も訪ねてみたけれど、あの日以降これといったことはないようだった。

「お二人とも、ご熱心なところ申しわけないんだけど」

声をかけると、佐ノ助と初吉が「なんだい？」とこっちを見た。

「この間話していた『断食療法』なんだけどさ」

「だんじき……ああ、あれか？」

初吉は言われて初めて思い出したようだった。

「そういやとんと聞かなくなったなあ」

佐ノ助も、たいして関心なさそうに言った。

「断食なんて酔狂なこと、そうそうやりたがるやつはいねえからな。飽きられちまったんじゃないかな」

「ああ、そうかもね。悪いね、碁の邪魔をして」

なになに、気にするねえ、と二人はまた碁盤に目を戻す。

やっぱりだ。これでは江戸の人たちから「札売り」が忘れ去られるのもそう遠くはなさそうだ。

肝心の座敷わらしたちもあれ以来姿を見せない。ただ見せないというだけで、なにごともないのならいいのだが。

客たちから離れて家に上がった。

「あーあ、魔物もついでにこのまま噂と一緒に消え失せてくれりゃあもっけの幸いってとこなんだけどな」

座敷にごろ寝してぼやくと、目線の先に栗坊《くりぼう》がいた。なに怠けたこと言っているんだ、という顔でこっちを見ている。

「嘘だよ、嘘」

使い魔が現われたということは、どこかに魔物がいるということだ。その魔物を放っておくのはやはりいい気分ではない。

今回は二度もしくじってしまった。

札売りを消滅させただけではなく、三太まで闇に奪われた。

裏で糸を引く者にもこちらの存在を気取られたことだろう。「札売り」の噂が消えたのはおそらくその証だ。自分の企みを妨害する者がいる。それを察した相手は、いったん姿を隠した。そう考えるのが妥当だ。

手がかりといえば、三太が口にした「地蔵菩薩《じぞうぼさつ》」だ。しかし、地蔵ならそのへんの辻々にごろごろしている。念のために「江戸六地蔵」と呼ばれる音に名高い地蔵の像を巡ってもみたけれど、これといって怪しいところはなかった。

振り出しに戻ってしまった。

「はあ。やることはやったし、しばらくは待つとするかな」

待つのは得意だ。寝ていればいいのだから。

そんなこんなで、さらに数日が過ぎた。

千之丞《せんのじょう》が茶屋に顔を出したのは、代三郎が昼寝を楽しんでいるときだった。

「代三郎、起きてくれ」

於巻に通されたらしく、千之丞は寝床にしている二階にまで上がってきた。

「んあ？　千さん、どうした」

目を覚ますと、羽織姿の千之丞が部屋の入口に立っていた。

「頼みがあるんだ。今日は暇か」

「毎日暇だよ」

「それはありがたい。三味線を持って一緒に猿若町《さるわかちょう》まで来てくれ」

「芝居小屋にか」

猿若町といえば芝居小屋が集まっている場所だ。千之丞のような歌舞伎を生業としている者も多く住んでいる。

「ああ、頼まれてくれないか。急に人が足りなくなってしまってな」

舞台で三味線を弾いてほしいという頼みだった。

「俺が弾くと舞台がぶちこわしになるよ」

「そんなことはない。お前さんの三味線はなかなか評判なんだ」

歌舞伎の伴奏は、前にも幾度かやったことがある。もともとは頼まれて稽古にだけ参加していたのだけれど、あるとき、やはり人が足りぬというので舞台に出ることになった。最初は無難に長唄の伴奏を務めていた代三郎だったけれど、その合間についついいつもの癖で得意の早弾きを披露してしまったのである。これが受けた。最初は見たこともない音の連打に戸惑っていた客たちも、少しもしないうちにその勢いに喝采を浴びせていた。以来、年に一、二度だが、こうして助っ人として舞台に呼ばれるようになっていたのだった。

「実は座元に頼まれたんだ。猫手屋《ねこてや》さんを呼んで来てくれってな」

「道村座《みちむらざ》のかい？　いいけど、いつさ」

「今から来てくれ。今ちょうど幕と幕の間なんだ」

「今からとは忙しい話だな」

「なに。俺たちが来なきゃ幕は上がらない。支度はゆっくりでいいからさ」

「舞台はなにやってんだ」

「忠臣蔵《ちゅうしんぐら》さ」

「仇討ちか」

「そうだ、十一段を頼む」

「十一段って、もうおしまいじゃないか。十段までやっていたんだろう。俺がいなくたっていいじゃないかよ。本当に人が足りないのか」

歌舞伎の忠臣蔵の十一段といえば、まさに「仇討ち」の場面である。

「足りないんだ。代三郎、お前がな」

「どういう意味だい」

「ああ、くそっ」

千之丞は髪についた屑でも振り落とすように頭を振った。

「正直に謝っちまおう、すまねえ」

ばっとひれ伏して頭を畳につけた千之丞に、代三郎は「ちょ、ちょっと待てよ」と慌てた。

「そんな先手を打って謝られたって俺にはわけがわからねえよ」

「俺が悪いんだ。俺の顔を立てると思って来てくれよ。な、頼む」

「千さん、顔を上げてくれよ。一から説明してくれ」

「……………怒んない？」

ちらっとこちらを見あげてくる目は、悪戯がばれた子どものそれだった。これでも二十五の男がである。

「どうせ怒ったって始まらない話だろう。さ、話しておくれ」

聞くと、案の定怒ったところで面倒は拭《ぬぐ》えない話だった。

千之丞が所属している道村座は猿若町でも老舗の芝居小屋だ。が、このところ新しくできた他の小屋に客をとられてしまっていまひとつ振るわない。そのじり貧のところへもって五日ほど前に看板役者と座元が大喧嘩となり、役者が別の新しくできた小屋に行ってしまった。

なにしろ江戸っ子はこういう話には敏感だ。毎日溢れんばかりの客で息をするのもやっとといった道村座が、たった五日で閑古鳥が鳴く有様となってしまった。客はいるにはいるがろくに芝居も観ずに酒や弁当を広げてばかり。このままでは老舗の芝居小屋もいつまでつづくかわかったものではない。

「それで、なんでもいいから知恵を絞れって言われたわけかい」

「ああ、昨日の朝、座元が役者から囃子方《はやしかた》までみんな集めてな。なんでもいいから客を呼ぶ方法を考えろって言い出したんだ」

座元は、控えている千之丞を見てこう言ったという。

「そうだ、お前の三味線仲間の猫手屋さん。ありゃあ人気があるじゃないか。あれを呼べ」

そういうわけで、千之丞がこうして来たというわけだった。

「ちょっと待てよ」

聞いていると腑に落ちない点があった。

「そりゃあ昨日の話だろう。だったら今日こうして呼びに来る前に前もって相談してくれりゃあいいじゃない」

「んーとね、俺もばかでつい言っちまったんだよ。代三郎ならたいていい暇だからいつでも呼べますよってね」

そうしたら、と年上の友人は眉をハの字にして言った。

「今朝になって小屋に行ってみりゃあ、お前の名前が入った幟《のぼり》がでーんとかかっているじゃないの。俺はびっくりしたね。すぐに座元のところに飛んでったよ。いったいこれはどういうことですかねって。そうしたら座元が言うんだ。いつでも呼べるって言ったのはお前だろうがって」

千之丞が知ったときには、すでに客たちの間には「三味線早弾き本日興行」という触れがまわっていた。おかげで道村座は年に一度か二度しか現われぬという噂の三味線を聴こうという客で満杯。座元は顔を青くしている千之丞に「今すぐ猫手屋さんを連れて来い」と命じた。ついでに「そうすりゃ薬代は俺が出してやる」とも。

「薬代？　なんの話だ」

「ああ……父親が病なんだ。異国から仕入れた高い薬が必要なんだが、とても俺の稼ぎじゃまかなえなくてね」

頼む、と千之丞は上げていた頭をまた下げた。

「頼む頼む頼む。道村座がぶっつぶれたら金を返すどころかおまんまの食い上げだ。俺の顔を立てると思って、頼む！」

思って、じゃなくてまんま顔を立てるためだろう。そう言ってやりたかったが、普段はどちらかというと気障《きざ》な千之丞がこうして頭を下げているのだからよほどのことのはずである。

「わかった、わかった。今起きるよ」

「頼まれてくれるか。すまん」

「十一段で、なにすりゃいいんだ」

「適当にやってくれりゃあいい。座元も深いことは考えてないでお前の名前だけ先に出したんだ」

「ひでえな。役者さんたちはそれでいいのか」

立ち上がって、帯からはみ出て乱れている着物を脱いだ。

「いちおう了承は取り付けているよ。だって、しょうがないもの」

よそゆきにしている藍染めの着物を箪笥《たんす》から出して袖を通した。上には黒の羽織。前に舞台に出たときもこの格好だった。

「適当にやってくれりゃあって言うけど、本当にどうしたらいいのかしらんね」

「四十七士が師直《もろのう》の屋敷に入ったあたりから弾き始めてくれ。そうだな、隠れていた師直がとっつかまって由良助《ゆらのすけ》たちの前に引っ立てられるところあたりまで」

「そんなに長くやっていいのか。台詞がろくに聞こえないぞ」

「なあに、三味線が鳴っている方が役者も声がでかくなるってもんだ。勢いがついていいじやないか」

「そういうもんかね」

「よしんば聞こえなくても忠臣蔵だぞ。客はみんな筋書きを知っているよ」

「どうなっても俺は知らないからな」

「いつもそう言って、うまくやってみせるじゃやねえかよ」

「俺、朝餉《あさげ》もまだなんだけれど」

「そんなの小屋で食わせてやるよ。駕籠《かご》を待たせているんだ、行こう」

三味線を持って茶屋の前に出ると、本当に駕籠が待っていた。しかも値の張る宿駕籠だった。

「代三郎さん、しっかりね」

於巻《おまき》が見送ってくれた。

「おう、行って来るわ」

と駕籠の中から答えたときだった。茶屋の奥から駆けてきた栗坊が飛びついて来た。

「なんだよ、栗坊。お前も連れて行けってか」

「ははは。いいじゃないか」

後ろの駕籠から千之丞が言った。

「行ってくれ」

指示に長半纏《ながはんてん》を着た六尺たちが駕籠を担いだ。

「いよっ、猫手屋！」

於巻の声に、道往く人たちが振り返った。


えっさ、ほいさ、と運ばれた先の猿若町は、芝居見物の客で一杯だった。いったいこの人たちは昼から働きもせずになにをしているのか。同じくろくに働いてもいない代三郎が見ても呆れるほどの人の数だった。子どももいれば大人もいる。女もいる。年寄りもいる。それがところ狭しと歩いている。外でこれだから芝居小屋の中はさぞかしなものだろう。

「ありゃあ、本当だ。派手にやってくれちゃって」

見あげると「三味線早弾き猫手屋代三郎」の幟が櫓《やぐら》の前に躍っている。

「これで俺が出かけでもしていたらどうする気だったんだろうな」

肩では栗坊が物珍しそうに町を眺めている。それがおもしろいのか、何人かの子どもたちが寄ってきた。

「その猫、あんちゃんのかい」

「そうだよ」

「あんちゃん、いい男だな。役者かい？」

「そんなたいそうなもんじゃない。ただの三味線弾きさ」

「弾いてみてくれよ」

「いいよ」

小屋の木戸銭係に駕籠代を払わせていた千之丞が「おい代三郎、なにしてんだよ」と振り返ったときには、もう人だかりができていた。

ベンベンベンベンベンベンベンベン。

鳴っている三味線に、どんどん人が集まって来る。

「誰だいありゃ？」

「あれだよ、ほら。早弾きの代三郎」

「なんだよ。こんな音初めて聴いたぞ」

「俺も噂にしか聞いたことがなかったんだけど、すげえな」

やがて客の口からは言葉がなくなった。

弾いていくうちに熱がこもってどんどん早くなっていく旋律に、見物人たちはただ聴き惚れるだけだった。

べ――――ン、という音とともに曲が終わる。一拍間を置いて沸き上がったのは賞讃の声だった。

「すげえなあ」

「これに比べりゃそこらの祭り囃子なんざ蝿がとまりそうだな」

わいのわいの騒いでいる通行人たちに、千之丞が声を張りあげた。

「お聞きなせえ、皆の衆。今のが日ノ本随一の早弾きと呼び名高い猫手屋代三郎の三味線だ。もっと聴きてえって人は道村座にお入りなせえ。すぐに始まる十一段にこの代三郎師匠がお出ましになるよ」

「お、そうかい」と、もう芝居はずいぶん進んでいるというのに木戸銭を払って入ろうとする人たちが列をつくった。

「そら、座元が喜ぶぜ」

千之丞は客をつかんで嬉しそうだった。すぐに裏手をまわって小屋の奥に通された。

「これはこれは猫手屋さん、よくぞ来てくださった」

控えの部屋では座元の道村即十郎《そくじゅうろう》が待っていた。

「なに？　小屋の前で三味線を披露した？　客がどんどん入って来ているだって？」

ちょっと見て来い、と言われた若い役者はすぐに戻ってきた。

「すげえ入りです。立ち見もいっぱいですよ」

「わははは。やったな。どうだ、俺の名案は」

さすがは座元、とまわりの者たちが頷いた。

「前々からわかっちゃいたんだよ。気の短い江戸の連中に猫手屋さんの三味線は合うってな」

「そらどうも」

「千之丞、でかした。ほらよ」

四角い金貨が即十郎の手から飛んで千之丞の手の平に収まった。

「これで料理屋でも行ってきな。あとは本番だ。おまかせするぜ、猫手屋さん」

「ま、ぼちぼちやりますわ」

返事をしながら千之丞の顔を見る。金貨を懐に隠した千之丞が「てへ」と舌を出してみせた。

「おい千さん、なんだそのてへってのは？」

「猫手屋さんを呼んだ褒美だよ」

答えたのは即十郎だった。

「千之丞が一分はくれねえとやらねえってごねるもんだから、まあ一分なら安いもんだとやったわけさ。あ、もちろん猫手屋さんにはしっかりした礼をするから心配しないでくれよ」

「千さん、薬を買うのに金がいるんじゃなかったのかい」

「は、そりゃなんだい？　あいつんちは女房も子どもも元気だぜ」

「え、親に薬を買うのに金が足りないって言っていたのは……」

「ははは。猫手屋さん、やられたな。あいつの親も女房の親もぴんぴんしているぜ」

「おいおい千さん」

呼んだときには、もう楽屋に千之丞の姿はなかった。

「くそっ、なんだか話が違うぞ」

このまま帰ってやろうかとも思ったが、それでは即十郎たちが迷惑するだろう。

「おーい、代三郎」

舞台の方から千之丞の声がした。

「そろそろ幕を開けるぞ。支度を頼む」

「はいよ」

と言っても、やることは肩に乗っている栗坊に下りてもらうことくらいだった。

「この猫はほったらかしておいてくださいな」

「わかった」

「千さんに言われたんだけど、本当に適当でいいんですか。師直の屋敷に討ち入ったあたりからやっこさんを引っ張り出すあたりまでで」

「ああ、それでいい。あとはそうだな、俺が、よっ猫手屋あ〜!とでも叫んだら短いのを弾いてくれ。客はあんたの三味線が鳴ってりゃ喜ぶはずだ」

「わかりました」

そこへまた知らせがきた。小屋の前が中に入ろうとしている客たちでごった返しているという。

「ははは。こりゃ幸先いいや。札をもらったと思ったらこれだ」

「札?」

代三郎は聞き逃さなかった。

「札ってのは、なんですか」

「地蔵菩薩の札だよ。最近、この界隈で評判の札売りがいるんだ」

「札売り? どんな格好をしたやつですかね」

「山伏みてえな姿だな。この札を柱に貼りゃあ財をもたらす座敷わらしが棲み着いてくれるとかいう話なんだ。座敷わらしだかなんだか知らねえが、商売繁盛の足しになるならいいかなと思って一枚ゆずってもらったのさ」

「『断食療法』ですか」

「断食? いやそんな話は聞いていないな。俺が言われたのは三日間、朝夕に必ず地蔵菩薩の真言を唱えながら行水をしろってことだな」

「行水ですか」

知っていることと少し違うが、他はあの美元《びげん》の言っていることとほとんど同じだった。

「その札売り、どこにいるんですか」

「帰ってなきゃ桟敷席《さじきせき》にいるだろうよ。猫手屋さんもほしいなら呼んでやるよ」

「いや、おかげさまで茶屋は繁盛しているんでいいっすよ」

近くでこちらを見あげていた栗坊に目配せする。栗坊は耳をぴんと立てると、楽屋から出て行った。

「おーいおーい、代三郎」

また千之丞の呼ぶ声。三味線や囃子方は役者よりも先に舞台に出て待機することになっている。見ると楽屋にいた役者たちが脱いでいた衣装を着直したり、手鏡で化粧を直したりしていた。

「それじゃ行きますよ」

そういえば、朝餉を馳走してくれるとかいう話はどこにいったのか。が、もう時間がない。

鼓や笛の奏者たちと舞台に出た。客席は聞いた通り、立ち見まで出る賑わいだった。

代三郎が姿を見せて場内は多少ざわついたが、それだけで終わった。まだおおかたの者はその三味線がどんなものかわかっていない。

所定の場所に座り、出番を待つ。隣では千之丞が端整な顔を客席に向けている。それにならって自分も能面のように正面を見る。舞台の主役は言うまでもなく役者だ。自分たちは「居るけれど居ない」という職分に徹さねばならない。もっともそれも早弾きが始まるまでの間の話だったが。

役者たちが登場すると、客席がいっせいに沸いた。看板役者がいなくなっても、やはり人気の演目だ。それにいざ討ち入りの場面である。これで沸かなければ道村座は早晩つぶれてしまうだろう。

満杯の客席をそれとなく観察する。見ていると、右の花道のすぐ近くに修験者のなりをした男がいた。あの美元と似ているが違う男だった。

しばらくおとなしくしているかと思ったら、今度は歌舞伎小屋に狙いをつけたか。なるほど、道村座ほどの小屋ともなれば一日に出入りする銭もかなりのものだろう。それでなくても役者というのはなにかというと験《げん》をかつぐし、縁起物などが大好きだ。話にも乗せやすいはずだ。

あとは、あそこにいる男が本当に先日の美元のような使い魔かどうかを確かめるだけだった。ことは簡単、三味線を弾けばいいだけだ。代三郎の早弾きを聴いてなにか突飛な行動に出れば使い魔であることに疑いの余地はない。その際に心配なのはこの場で暴れられることだが、それはやってみないとわからない。美元のときは顔色を変えて出て行くだけだった。おそらく使い魔は主によって無用の戦いを禁じられているのであろう。だとすれば、今あそこにいる札売りもこの場から立ち去ってくれるだろう。

あとはそれを……。

目を走らせる。いた。浄衣《じょうえ》の童子が、男からさほど離れていない場所で相手を見ている。

〈今度こそへまはしないぞ〉

芝居が始まった。忠臣蔵の十一段目は大星《おおぼし》由良助義金《よしかね》率いる仇討ちの浪士たちが渡し舟から陸に上がるところから始まる。このあと主君の仇である高武蔵守《こうのむさしのかみ》師直の屋敷に浪士たちが突入したら、代三郎の三味線が鳴ることになっている。

〈栗坊、頼むぞ〉

早弾きに入ったら、もはや自分は舞台から離れるわけにはいかない。おそらくはこの場から消え去るであろう札売りの追跡は栗坊にまかせるしかなかった。

栗坊を連れて来てよかった。飛び乗るようにして駕籠に乗ったのは、このことを予想してか。いや、おそらくは自分も歌舞伎を見物したかっただけのことだろう。あれはそういう猫だ。

舞台では師直が酒宴で酔って寝転がっている。その隙に由良助の部下たちが屋敷に忍び入り、開いた門から仲間を誘導する。このときになって由良助役の即十郎が本来の台詞にはない雄叫びをあげた。

「猫手屋ああああ――――っ！」

千之丞がちらりと代三郎を見る。代三郎は立ち上がって三味線を高々と掲げてみせた。同時に撥《ばち》を回転させて弦を弾く。響き始めた早弾きに場内から「おおおっ」という声が返ってきた。

役者たちが斬り合いを始める。その間、代三郎は自分も前に出て三味線を鳴らしつづけた。役者の動きを見て、一瞬音を止めたり、ためをつくってまた弾き始めたりと、即興で場面を音で表現していく。客席はやんやの喝采だった。こんな忠臣蔵は誰もみんな初めてだろう。そもそも弾いている代三郎だって初めてなのだ。

舞台に傾注しているようで、一方で修験者の男からは目を離さない。

案の定、男の顔は青ざめていた。

このまま聴いていてくれれば、失神させるくらいはできるかもしれない。大猫《おおねこ》様からもらったこの三味線の音色は、魔物にとってはとにかく不快なのだ。

だが、やはり男は席を立った。舞台に背中を向け、人々をかきわけるようにして出口へと向かって行く。童子姿の栗坊も、いた場所から離れて男を追う。

〈頼んだぞ〉

念をこめて、撥を上下させた。一段と早くなった三味線に歓声があがった。男の肩がびくりとしたのが遠くからでもわかった。

舞台では戦いの末に隠れていた師直がつかまって由良助の前に引き出された。ここは由良助たちが師直を裁く見せ場の中の見せ場である。代三郎は三味線を止めた。出口近くまで辿り着いた札売りがこちらを振り返った。その目はあきらかに代三郎を見ていた。

〈逃げるがいいさ〉

いったんは観念したかのように振る舞っていた師直が、不意をついて由良助に斬りかかる。

代三郎はそこでまた三味線を鳴らした。

即十郎の由良助が、師直の太刀をすんでにかわす。返す刀で師直を斬る。

見えぬ矢となって飛んだ三味線の音が札売りの顔を打つ。男が顔を歪ませる。

由良助の部下たちが、次々に師直の身に太刀を浴びせる。

苦しげな顔の男が出口へと逃れる。その後ろを、浄衣《じょうえ》の栗坊がぴたりとついて追って行く。

師直は、由良助たちの主君が切腹を遂げた同じ刀でその首を刎《は》ねられる。

「いよお――っ、道村屋！」

「猫手屋あああ――――っ」

悪が倒され場内の客は大喜びだ。みんな我がことのように飛び跳ねている。中には連れて来た我が子を宙に投げては受け止めてといった荒っぽい動きで興奮を表現している観客もいた。

代三郎が三味線を終えたときには、札売りと栗坊の姿は小屋にはなかった。

舞台は終わり、即十郎が率いる浪士役の役者たちは花道を行進して去って行った。代三郎も千之丞とともに楽屋に戻った。

「いやー、すごい盛り上がりだったな」

「座元、明日もこの調子でいきましょうかね」

「そうだなあ」

即十郎や役者たちは上気させた顔で勝手なことを言いあっている。この調子では明日から毎日来いなどと言い出しかねなかった。

「猫手屋さん、今日の礼だが、実はいくらか決めてないんだ。いい値でかまわないから言ってくれないか」

訊いてきた即十郎に「うーんと、五両」と答える。

「五両だって？　そりゃあいくらなんでも高過ぎるぜ。冗談を言っちゃやいけねえよ」

豪傑肌の座元も、これには色をなした。

「じゃあ一両でどう?」

「一両か。うーん。いや、あんたの仕事はそれくらいの価値はあったかもしれないけどな」

「あはは。冗談だよ即十郎さん。それよか俺、例の札ってのをゆずってほしいんだけど」

「札? 札売りから買ったあれか」

「そうそう。もうどこかに貼っちゃった?」

「いいや、まだだが」

「ただとは言わないよ。いくらだい」

美元は三両で売っていた。三両といえば大金だ。於巻に怒られてしまうなと思いながら、しかしこれしか方法がないのだと自分に言い聞かせる。

「いくらもなにも、あの札売りには札をくれた礼に桟敷を用意してやったから、まあ金にしたらいいとこ二分ってところかね」

どうやら今度の「札売り」は必ずしも金と交換に札を売っているわけではないらしい。これと目をつけた相手に札を貼らせるのが目的ならば、それでもかまわないのかもしれない。金はあとから座敷わらしに持って来させればよいのだ。なんのことはない、最初に五両などとふっかける必要はなかったようだ。

「あんなものでよけりゃやるよ。俺の方はまた札売りから手に入れりゃそれでいいんだから。どうせまだそのへんにいるだろうしな」

それよか、と即十郎はやはり話を持ちかけてきた。

「どうだい、毎日とは言わねえが七日に一度くらい」

もし来てくれるのなら一度の舞台で一両出す、とまで言われた。

「だったらさ……」

代三郎の提案に、即十郎は「よし」と頷いた。

悲鳴をあげたのは千之丞だった。

「冗談じゃないよ。あんな早弾き、俺にゃできないよお」

「うるせえな。お前も三味線弾きだろうが。猫手屋さんが仕込んでくれるってんだからしっかり自分のものにしてこい」

今日の舞台はおおいに盛況となったが、客はまだ猫手屋が目当てというわけではない。三味線の早弾きが物珍しいだけだ。だったら千之丞にその早弾きをさせればいいだけのことではないか。そう訴えた代三郎に、即十郎も賛同した。座付の奏者である千之丞がこなしてくれるならそれに越したことはない。よけいな金もかからずに済む。

「代三郎〜〜〜!」

泣きついてくる千之丞に「明日から暇があるときは俺んとこに稽古に来てください」と言い放つ。

「ああそれと、早いとこ病のおっとさんだかおっかさんのために薬を買ってあげることだね」

「うぐっ。く、くそっ」

悔しがる千之丞に、今度は逆に舌を出してやった。

「わかったよ。そのかわりしっかり教えてくれよ」

「それだけは誓って請け合うよ」

千之丞に役目を振ったのはいい加減にそうしたわけではない。代三郎の目から見ても千之丞の腕前はたいしたものなのだ。コツさえ教えれば自分よりも舞台映えする弾き方を身に付けるはずだった。

代三郎は札を受け取って猫手長屋に戻った。帰りも即十郎は宿駕籠を出してくれた。

第六章　安迷寺《あんめいじ》

札売りを追った栗坊《くりぼう》が猫手《ねこて》長屋に戻って来たのは、深夜のことであった。代三郎《だいざぶろう》も於巻《おまき》もすでに寝ていたが、戸が開く音に目を覚ました。座敷に上がった栗坊は、すぐに人間の姿になって「あ〜つかれた〜」と大の字になって寝ころんだ。なんでも「飛鳥山《あすかやま》のもっと向こうにある安迷寺という寺まで行った」とかいう話だった。

「安迷寺？　聞いたことのない寺だな」

「けっこう大きそうな寺だけど、あんなところにあんな寺があるだなんてぼくも知らなかったよ」

芝居小屋から出た男は、そのまま猿若町《さるわかちょう》からも抜けて上野《うえの》の方へと向かったという。途中で猫に姿を変えた栗坊は男と付かず離れずの距離を保ったまま、その背中を追いつづけた。

「どこまで行くかと思ったらまいったよ。上野の山をまわり込んで、谷中《やなか》、日暮里《にっぽり》、田端《たばた》とどんどん行っちゃうんだもん」

花見で有名な飛鳥山も素通りし、ついには朱引の向こうの荒川《あらかわ》近くまで行った。田畑が広がる一帯を、男は歩きつづけた。夜とはいえ見通しのきく道だったので、念のため栗坊は距離を置いて尾行をつづけた。歩いている間、男がなにかに注意を払うように幾度となく後ろを振り返っていたからだった。

やがて雑木林が見えてきた。栗坊が男を見失ったのは、その中でのことだった。

「かわりに見つけたのが、その寺か」

「うん」

夜のことだけに寺はすでに閉門していた。もちろん、栗坊にかかれば塀を飛び越えるなどわけがない。だが、ここで思わぬ邪魔が入った。

「あいつらときたら、まったく乱暴で困るよ」

栗坊に襲いかかってきたのは、辺りを住処にしている野良猫たちだった。門の脇の塀に飛びつこうと身構えているところに、背後から雄の野良猫が体当たりを喰らわしてきた。突き飛ばされた栗坊は、地面を転がった。そこに別の野良猫たちが群がった。猫たちは異様に気が立っている様子で、栗坊に爪や歯を立ててきた。あとから考えると、飢えていたようだった。

どうにか猫たちを振り払った栗坊は、今しかないと人間の姿になった。噛みついた相手が忽然と消えて、かわりに人が現われたことに野良猫たちは驚いてちりぢりになって逃げ出した。そのうちの一匹の白猫は、境内に逃れようと塀へと飛んだ。

「そうしたら、はじけ飛んだんだ」

塀の上に乗った白猫が、なにかに脅えたかのように毛を逆立ててそこから離れた。暗い中ではあったけれど、栗坊はそれを見逃さなかった。

「あれは、なにか結界のようなものに触れたんだと思う」

それだけ見れば十分だった。普通の寺にこんな見えない防壁のようなものがあるわけがない。男は間違いなくこの寺の中にいる。そう確信した栗坊は、来た道を辿って猫手長屋へと帰って来たのだった。

「栗坊、怪我したところを見せて」

栗坊の右脚の股や脛《すね》に引っかき傷や噛みつかれた傷が残っていた。

「長いこと歩いたせいか少し腫れているみたいね」

於巻が濡らした手拭《てぬぐい》を持って来て傷をぬぐった。

「このくらいどってことないよ」

「化膿したら大変よ」

「ありがとう。それにしても遠かったな。そっちの方がこたえたよ」

栗坊はかなり疲れている。今日のところはたっぷり寝かせてやった方がよさそうだ。

「そういや、道村座《みちむらざ》の札はどうなったの？」

「三味線の礼にもらってきたよ」

「まさか、また貼ったとか？」

「心配すんな。神棚に寝かせるように置いてあるよ。今んとこなんにも出て来てはいない。座敷わらしが出て来るのは柱に貼ったときだけ。そういうまじないでもかけているんじゃないか」

「ならいいけど。この間の三太《さんた》みたいなのはかわいそうだしね」

「ああ、あれは俺が迂闊《うかつ》だった」

三太の悲鳴がまた思い出された。

「わたしだってそうよ。問いつめるばかりで札のことを忘れていた」

普段は口に出さないが於巻も気に病んでいたようだった。

「それにしてもずるい魔物ね。子どもに盗みを働かせて。使い魔にでもやらせればいいのに」

「まったくだな。使い魔どころかお前が出て来いって言ってやりたいな」

今までも人間に取り憑いて使嗾《しそう》させる魔物はいた。数ある魔物のうちには、自分で手を下さずにわざわざまわりくどい手を使って世を揺るがそうという輩がいる。今度の相手もどうやらそういう類のやつらしい。

話を終えたところで、神棚の札を見に行った。異常はなにもない。

「なにもないのは、大猫《おおねこ》様の神力が守ってくれているのかもね」

招き猫像を見あげる於巻に、代三郎は「へっ、どうだかなあ」とぼやいた。

「今ごろ猫手神社のどっかでぐうすか寝ているよ、あのじいさんは」

「ぼくもそう思う」

栗坊も笑っていた。

「でも、寝ていても少しはなにかしてくれているんじゃないかな」

「俺もそれを期待してここに札を置いたんだけどさ。だったらこの間の三太のときだって手助けしてくれたっていいってもんだろう。ま、ないよりもましってとこだな」

もし三太のような座敷わらしが出て来たら、今度は先に札を水に浸しておこう。そう取り決めてこの夜は寝た。

翌朝になっても札にはおかしなところはなかった。これが大猫様の神力なのかどうかはわからない。だが、三太のような犠牲者を出さずに済んだのはよかった。

いつもは二度寝を楽しむ代三郎だが、さすがに今日は於巻の朝餉《あさげ》に合わせて起きた。日が昇ってまだ少ししかたっていないが、茶屋の前の通りはすでに人が行き交っている。長屋のそこかしこから竈《かまど》や七輪の煙が立っていた。

「おや代三郎さん、早いじゃないの」

井戸の水で顔を洗う代三郎を見つけて、長屋に住む大工の女房のおたまが話しかけてきた。

「ああ、ちょいと遠出をするんでね」

「怠け者のあんたがねえ。放蕩がばれていよいよ勘当でも喰らったかい」

相手が大家だろうがなんだろうがかしこまらないのがおたまだった。

「あはは。まだそこまではいっていないよ」

「ならいいけどね。代三郎さんみたいに話せる大家はそうはいないからねえ」

「けなしてんのかい、ほめてんのかい、どっちなんですか」

「ほめているのに決まっているだろう。昨日だって道村座を賑わせたそうじゃない」

「あらら、もう知っていますか。たいした地獄耳だこと」

「茶屋の前にあんな立派な駕籠《かご》がとまっちゃあ見過ごすわけにいかないね。で、今日はどこに行くんだい？」

「飛鳥山の向こうにね」

「飛鳥山だって？　そりゃまた遠いとこに。歩くと二刻はかかるんじゃないの」

「ああ、遠いよね」

「桜の季節でもないってのに、なんでまた飛鳥山なんかに」

長屋の住人というのはみんなそうだけど、人のやることをいちいち知りたがる。とくにおたまはそうだった。

「飛鳥山じゃないんですよ。その向こうにある寺に用事があってね」

「寺？」

おたまの表情が微妙に変化した。

「安迷寺って寺があってね。御利益があるっていうんで行ってみようかと思ったのさ」

「安迷寺？」

「知っているのかい」

「ああ、もう長いこと行っていないけどね……」

いつもの明るいおたまとは違う、なにか翳りを含んだ顔だった。

「安迷寺か……」

呟くと、おたまは「ちょっと待っておくれ」と井戸のすぐ前にある自分の家に飛び込んだ。かと思うと包みを抱えて戻って来た。

「安迷寺に行くならさ、これを御本尊にお供えして来てくんないかい？」

「いいけど、おたまさん、安迷寺に詳しいのかい。どんな寺なんだ、俺は知らないんだよ」

「知らないだって？　すっとぼけなくていいんだよ。於巻ちゃんは知ってんのかい、このこと？」

「知っているよ」

「あら、まさか於巻ちゃんじゃないだろうね。いいや、そりゃあないか、あんたと於巻ちゃんがここに来たのはあの子が十二か三のときだもんねえ。いくらなんでも、そりゃあないか」

一人で首を傾げているおたまはいつものおたまだった。

「あそこは江戸《えど》のはずれだからそう知られちゃいない寺だけど、かえってあれくらい静かな方が供養するにゃ合っているからね」

「供養って、なにを？」

「だからすっとぼけなくていいんだよ。いくらあたしでもこれより先は訊かないさ。ま、言えることはひとつ。しっかり供養してやれってことさ」

なんだか勘違いされていることは間違いない。これ以上訊くと、逆にいろいろと突っ込まれてしまいそうなので黙っていることにした。

「歩いて行くのかい？」

「うん、そのつもりだけど。辻駕籠くらいは使うかもしれないな」

「舟を使ったらどう？　大川《おおかわ》を遡《さかのぼ》りゃいいじゃない」

「舟か」

大川は遡ればそのまま荒川と名を変える。舟を使うというのは確かに一案だった。

「千住宿《せんじゆしゆく》辺りまでなら簡単に行けるだろう。うまくすりゃもっと先まで行けるよ。そうだ、今からなら川越《かわごえ》からの舟が戻るところに間に合うかもしれないよ」

おたまが詳しいのは、確か川越に親戚がいるからだった。

「俺、舟は苦手なんだよね」

正確には舟が苦手なのではない、水が苦手なのだ。子どもの頃に猫手池で溺れて以来、どうにも水がこわくなってしまったのだ。水路の多い江戸に住んでいてだいぶ慣れはしたものの、今でも不意に水に落ちたりすると膝くらいの深さでも取り乱してしまう。これればかりはどうもなおりそうにはなかった。

「だったら歩くしかないかね。ま、ごろごろ寝てばかりでいるよりは体にいいだろうさ」

じゃ、頼むよ、と小さな包みを渡された。手触りからすると、中身はどうも豆菓子らしかった。長屋の住人にとって甘味はいつだって贅沢品だ。それを供えて来いとは、これでおたまも案外信仰心が深いのかもしれない。

「そうだ、代三郎さん、言い忘れた」

家に戻ろうと背中を向けた代三郎をおたまが呼び止めた。

「その包み、もし寺の人に訊かれても自分で持って来たって言うんだよ。人に頼まれたと言っちゃいけないよ」

「わかったよ」

頷いたものの、おたまがなにを言っているのかちっともわかっていなかった。


「おたまさんが安迷寺を知っていた？」

朝餉でさっきの話を於巻にしてみた。

「ああ、しっかり供養して来いって言われたよ。御本尊に供えろって菓子まで寄越してきた」

「供養ってなにをだろうね」

「さあな。供養ったら供養だろう。誰か尊い人の菩提寺なんじゃないか」

「荒川の近くでしょう。洪水で死んだ人たちのご供養かも」

「ああ、そうかもしれないな」

もしかしたらおたまには縁者に洪水の被害者でもいたのかもしれない。でなければ高価な菓子を供えたりはしないはずだ。気になるとしたら「すっとぼけなくていい」などとなにかこちらに対して勘違いしているような節があることだが、放っとけば四六時中あることないこと言い募っているおたまのことである。いちいちその一言に気を取られているのも無駄だろう。

「まあ、おたまさんが知っているってことは、確かにそこに寺があるってことだしな。行ってみりゃあいろいろわかるだろう」

「入れるかしらね。栗坊の話じゃ結界が張られているみたいだし」

「どうにかしてみせるさ」

「慎重にね」

「わかっているよ」

寝ている栗坊を起こして餌を食べさせた。まだ眠そうなので頭陀袋《ずだぶくろ》に入れてやった。目指す寺までは二里半か三里といったところか。ちょうど神田《かんだ》から猫手村までと同じくらいの距離だ。代三郎は脚絆《きゃはん》に草鞋《わらじ》を履くと、三味線と栗坊がまるくなっている頭陀袋を肩から下げて長屋を出た。

「今日も猿若町ですかい？」

木戸を通ろうとすると、木戸番の清吉《せいきち》に声をかけられた。清吉はおたまの父親である。

「ああ、安迷寺にね」

清吉も知っているだろうとなにげなく答えたつもりだった。相手が一瞬真顔に変わったので代三郎は驚いた。

「安迷寺ったら安迷寺ですよね」

「うん、その安迷寺のことだと思うけど。なに、なんかあんの？」

「いやいやいや、なんもねえですよ」

そう答える清吉の顔には「あります」と書いてある。

「俺、おたまさんに頼まれたよ」

「なにをですかい？」

「これを御本尊に供えて来てくれって」

頭陀袋の中に栗坊と入れてある包みを出してみせた。

「おたまがですかい？　あいつ、他になにか言っていました？」

「いいや、なんにも」

「本当になにも言っていませんか？」

清吉は少し慌てているようだった。

「ああ、俺にすっとぼけんなとか、人に頼まれたとは言うなとか言っていたけど、他にはなにも」

「ならいいんですけどね。うちの娘は口が減らねえからな。それよか代三郎さん、あまり気やすくその寺の名前を出しちゃいけませんぜ」

「そうなのかい？」

「今はまだいいけど、帰って来たらこの話はなしです。お互いにしないでおきましょう」

どういうことか、さっぱりわからなかった。

「今はいいのね。ひとつ訊きたいことがあるんだけどさ」

「なんですかい」

「安迷寺の御本尊ってなんなんだい？」

「なんでえ。そんなことも知らねえであの寺に行こうってんですか」

「うん、知らない」

「こいつは呆れたな」

清吉は口をぽかんと開けていた。

「地蔵菩薩《じぞうぼさつ》様に決まっているでしょうが」

それだけ聞くと、代三郎は礼を言って木戸を通り抜けた。

野良猫を脅えさせた塀に、地蔵菩薩。だんだんと見えてきた気がした。

長屋を発ったのが朝五ツ。のんびりと歩いて昼の九ツには安迷寺の山門まで来ていた。門は開いていて、とりわけおかしなところは見受けられない。参道は松の並木に沿っていて、ずっと先に本堂らしき建物が見えた。歩いて行くと、両脇に塔頭《たっちゅう》が現われた。伽藍《がらん》がいくつも並んでいる。その屋根の向こうに三重の塔も見えた。ある程度の規模は予想していたが、それにしても思っていたよりもずっと立派な寺であった。

「なるほど、これだけでかけりゃ札売りも身を隠せるというわけだな」

頭陀袋から顔を出した栗坊が「ニャオ」と返事をする。

「どうだい。なにか感じるか？」

栗坊は、境内をキョロキョロ見回していた。もしあの札売りがいるのだとしたら、先に見つけておきたかった。昨日は離れた舞台の上だったとはいえ、代三郎は相手に姿を見られている。おまけに今日も背中には三味線がある。

栗坊が前足を袋の縁に引っかけて身を乗り出した。地面に着地し、すたすたと歩いてどこかに行ってしまった。

代三郎は本堂の階段を上がった。

「まずは本尊からかね」

おたまに頼まれていた菓子を供えなくてはならない。

賽銭箱《さいせんばこ》に一文入れて、誰かいないかと中をさがした。

「あのう」

代三郎が声をかけたのは、本尊のまわりを布で掃除していた僧侶だった。

「なにか？」

振り返った僧侶は、総髪に三味線を背負った若い男を不思議そうな顔で見た。場違いに思ったのかもしれない。

「これを御本尊に供えたいのですが」

包みを差し出すと、僧侶はそれを受け取ってくれた。こういうことは慣れているのだろう、それを奥の地蔵菩薩像の前に供えると合掌した。振り返ったときには、もう代三郎などいないかのように掃除に戻ろうとするので「すみません」と呼んでみた。

「こちらの寺は地蔵菩薩様が御本尊ですよね。だとすればどういった御利益があるのでしょうか」

「ご供養で参られたのですか？」

問い返された。

「いえ……」

はい、と答えるべきだったのかもしれない。

「だとすれば、それ、あそこに案内の札があります。お読みになられるといい」

「どこですか」

「参道を少し戻ったところです」

そういえばあった気がした。伽藍にばかり気を取られていて読むのを忘れていた。

「文字が読めぬというなら説明しますが」

「いえ、読めます」

参道を戻って札を読んだ。書いてあったのは、なんということはない、地蔵菩薩の御利益についてであった。ずらずらと、いわゆる二十八種利益に七種利益が並んでいた。

「天龍護念《てんりゆうごねん》に善果日増《ぜんかにちぞう》、集聖上因《しゆうしようじよういん》か……」

利益のひとつひとつには「天龍が護ってくださる」だとか「病にかからない」だとか「人から尊敬される」だとか「何度でも天上に生まれ変わる」だとかと意味がある。全部で三十以上もあると、世の中の望みはたいてい叶えられるといった感じだ。地蔵菩薩は現世で人を救うとされているものだから当然と言えば当然だ。

あの「札売り」はこの地蔵菩薩の御利益を唱えて札を金持ちの家に貼らせていた。そして三太は金目のものを漁っていた。名木曽屋《なぎそや》の千両箱の一件も、ほぼ間違いなく座敷わらしの仕業だろう。こうなると目的は金かとも思われてくる。だが、そんなことはどうでもいい。

魔物がいれば退治する。

それが代三郎に課せられた使命だった。

途中で読むのをやめようかと思った札だったが、終わりの方に気になるものを見つけた。

「幼子水子供養……」

そこには祈祷《きとう》を願い出た者は口外無用とすべきこと、とあった。もし寺の外で誰かに話した場合、たちまち供養が無効となる。それがこの寺の戒律らしかった。

「そうか、それでおたまさんも清吉さんも」

二人のおかしな態度がようやく理解できた。おたまには何人か息子や娘がいるが、中にはきっと生まれてすぐか幼い時分に亡くした子がいるのだろう。それがいつのことかはわからない。おたまの年齢を考えればずいぶんと昔のことのはずだ。子を死なせてしまったおたまは、この安迷寺に供養に来たのだ。もしかすると、そうした人は思いの他大勢いるのかもしれない。ただ、おたまのようなタガがはずれたお喋りならともかく、口外が法度《はっと》となれば普通は口をつぐむしかない。この寺が規模の割に人の話題にのぼらぬのはそういうことなのだろう。だいいち、これだけの立派な寺だ。よほどの寄進がなければ成り立つわけがない。

「なるほどなあ」

からくりが透けて見えてきた感じだった。

「待てよ」

おたまは「すっとぼけなくていい」と言っていた。於巻かどうか、などとも言っていた。

ということは………。

「おたまさん、俺に水子がいるとでも思ったのか！」

思い当たると、笑いがこみあげてきた。

「あはは」

子どもを供養する寺で不遜かもしれない。だが笑う他なかった。とんだ勘違いをされたものだった。

「まずいなあ。今ごろ長屋にどんな噂が立っているものか」

頼みはおたまがこの戒律をぎりぎりのところで守ってくれるかどうかだ。

まいった、まいった、と頭をかいていると、どこかに消えていた栗坊が近くまで戻って来ていた。「こっちに来て」と小さく鳴いている。

尻尾を立てる栗坊のあとを追う。本堂から離れて左手の林へと入った。小道をそのまま行くと、壁で囲まれた塔頭が見えてきた。小さな門に、大人の胸ほどの高さの木戸がついている。

「入っていいもんなのかな」

代三郎の躊躇《ちゆうちよ》などおかまいなしに、栗坊は木戸の下をくぐって中に入った。押してみると、木戸は簡単に開いた。入っていいということなのだろう、と解釈して足を踏み入れた。壁の外側と違い、内側は手入れされた庭だった。地面は苔に覆われている。その上に梅の木が何本もあった。楓《かえで》や銀杏《いちょう》もある。誰か身分の高い人が建てた塔頭のように見える。

奥に建物があった。前庭に面した客殿は開け放たれているが、人の気配はない。栗坊はそちらにはかまわず建物の裏手にまわった。代三郎もついて行く。建物の角に沿って小道を直角に曲がったところで足がぴたりと止まった。

「これは」

待っていたのは、一面を覆い尽くす地蔵菩薩の石像だった。背後の傾斜地までずっとそれがつづいている。よく見ると、新しいものと古いものがある。苔のつきかたや石の風化の具合で判別がついた。

先にいた栗坊が、じっと代三郎を見つめていた。

「鳴らせってか？」

背の三味線を下ろし、くるんでいた布から出した。撥《ばち》を持ち、軽く音を出してみた。それでも他に音を発するものがない場所だけに響いて聞こえた。

「ありがとう。助かった」

栗坊が童子の姿になっていた。

「どうしたんだ」

なにか様子がおかしかった。

「自分一人じゃ人間に変わることができなかった。境内のどこにいてもそうだった」

「なんだって?」

「代三郎の三味線がなければ、変わることができなかった」

こんなことは初めてだった。栗坊は猫から人へ、人から猫へと自在に姿を変えることができるのだ。本人に言わせると、「そう思うだけでできる」という。それができないということは……。

「このお寺、やっぱりおかしいよ」

「なにか力が働いているのか」

「うん。とくにこの地蔵たち、なんか感じるんだよね」

「魔物か」

「じゃないんだけど、なんかね」

「この地蔵はみんな水子地蔵と幼子地蔵だろう。死んだ子どもたちを供養しているんだな」

「ぼく、思うんだけど、この間のあの三太もここに祀《まつ》られている子どもの一人じゃないかって気がするんだ」

「あいつは座敷わらしだろう」

「うん、でも……」

言われてみれば思い出す。三太は自分たちが知っている座敷わらしたちとは少し違ってい
た。言葉には奥州訛りがないし、精霊にしてはおかしなことを言っていた。

〈言われた通りにやってくれれば、またおかあちゃんの子供にしてくれるっていうから〉

三太はそう口にしていた。あのときも代三郎は違和感を感じた。

「あいつ、甘納豆を喜んで食べていたよな」

「うん」

「でも、あの甘納豆、一粒も減っていなかった」

茶屋に遊びに来る座敷わらしたちは、出された茶はちゃんと飲む。茶菓子も食べる。とこ
ろが三太は食べたように見えて食べていなかった。

「そうか。あの三太はひょっとして」

「うん。死んで親と別れた子どもなんじゃないかな」

だとすれば、どうして座敷わらしの姿をしているのか。

「そいつはお前の勘か?」

「なんだか聞こえるんだよ。子どもの声みたいなのが」

「声か」

「大勢いる。ここには子どもが大勢いる」

あらためて並んでいる地蔵を見る。ひとつが一人の子どもと勘定しても、軽く千に届きそうだった。

「いったいどうなってんだかな」

「決まっているよ。魔物が子どもたちの霊をだまくらかして盗みを働かせているんだ」

栗坊は憤っているように見えた。猫でいるときは飼い主に似てか勝手気侭《きまま》なやんちゃ坊主なのだが、実はこれでけっこう正義感が強いのだ。

「一発、派手に鳴らしてみっか」

「それもいいけど……」

魔物はどこにいるかまだ定まっていない。反対に、三味線をかき鳴らせば魔物にこちらの居場所が知れてしまうだろう。さっきのちょっとした音だって気付かれているおそれはあった。

「そうだね、鳴らしてみようか」

口ごもった栗坊だったが、考えが変わったようだった。

「こっちがここまで来ているんだぞって教えれば、魔物も迂闊《うかつ》な動きはとれないかもしれないし」

「ああ、できればすぐに出て来てほしいもんだけどな」

「そう願いたいな」

「いくぞ」

撥を宙にかざす。代三郎はニヤリと笑った。

「魔物ちゃん、お願いだから出て来てちょうだいよ」

声がしたのはそのときだった。

「なにをされておる」

咎《とが》めるような声だった。

振り返ると、住職だろうか、年配の僧侶が厳しい目でこちらを見ていた。

「ここは水子幼子の霊を供養する場。そのようなもので無用な雑音を鳴らされては困る」

「ご住職ですか」

まずは頭を下げた。

「これは失礼いたしました」

顔を上げたが、僧侶の表情には変化がなかった。

「用がなければさっさと立ち去るがいい」

とりつくしまもない物の言いようだった。

「用ならあります」

一か八か尋ねてみた。

「この寺で札を売っていると聞いたのです」

相手は答えない。不埒者《ふらちもの》とは口もききたくないといった顔だ。

「ご存知ありませんか」

「厄除けの札がほしければ祈祷を受けるとよい」

「ひとつ教えてください。この寺の人間か、この寺に出入りする人間で、江戸で札を売り歩いている人はいませんか。そういう人がいると噂を聞いたことがあるのです」

「そのような者はおらん。なにか見当違いをしているのではないか」

かたくなな態度を崩さぬまま、僧侶はつづけた。

「さあ、ここはもう閉める。出て行かれよ」

追い立てられるように、締め出されてしまった。仕方がないので雑木林を本堂の方へと戻った。

「代三郎、通用しなかったよ」

栗坊がぽそりと言った。

「なにがだ」

「あの坊さんにもう少し話してもらえるように力をかけてみたのだけど、思うようにいかなかった」

「どうもこの境内じゃ、お前の力は出しにくいみたいだな」

「だとしたらまずいね」

「境内全体が魔物の力でおかしな場になってしまっているのかな」

「そんな感じだよ」

「さっきのあの気分の悪い坊さんは、あれはどう見る？」

「あの人からは敵意の他はなにも感じなかった」

「敵意がありゃ十分だよ」

「ぼくたちがふざけていると思ったんだろうね」

「ああ、あの坊さん自体は魔物とは関係ないのかもな」

「取り憑かれたりはしていないみたいだったよ」

でも、と栗坊は言葉をつないだ。

「どこか魔物に都合よく操られているみたいではあるね」

「お前もそう感じたか」

「うん」

まだまだ境内は広く、調べる場所は他にもありそうだった。が、先ほどの一件でなにかケチがついてしまった感じがするし、おそらくは敵の支配下であろう場に身を晒《さら》しているのも落ち着かなかったのでいったん境内から出ることにした。

「さて、どうするかだな」

山門をくぐったところで合議にした。

「もう一度、ぼくが潜り込んで様子を見てみるよ」

「じゃあ、そのへんで待っている」

「代三郎は先に長屋に帰っていてよ」

「どうしてだ」

「少し時間がほしい。昨夜の様子だと、夜の方が魔物の力が増すみたいだ。猫と同じようなものだよ」

「昼は寝ていて、夜に動くというのか」

「うん。夜に寺の中でなにが起きているのか、今のうちに入っておいて確かめてみる」

「大丈夫か。三味線がないと人の姿に変わることができないんだぞ」

「閉門してからはむしろ猫でいた方が安全だよ」

「そうは言ってもな」

「大丈夫。なるべく人目にはつかないようにするから」

ぼくにまかせて。そう胸を叩くと、童子は猫になってふたたび山門をくぐった。それを見送って、代三郎は寺に背中を向けた。

長屋に帰るべきか。

栗坊には帰れと言われたが、神田はなにしろ遠い。なにかあった場合に備えて近くにいた方がいいのではないかと思えた。

寺から離れて見通しのきく場所に行くと、田畑の向こうの街道筋に家々が見えた。どこか休めるところでもあるかもしれない。そう思って歩き出したときだった。「代三郎」と呼ぶ声がした。

「安迷寺とかいうのは、ここか」

見ると、馴染みの顔が三つ、山門の前にあった。マルメとミイヤとサイサイだった。

「お前たち……」

「於巻に聞いて来たのさ」

マルメは「ほれ、これ」と茶屋で使っている薬缶《やかん》を差し出した。

「持って行けって頼まれた。そのへんで茶でも飲むべ」

そう言うと、座敷わらしは山門を見あげて「ふん」と不敵な笑みを浮かべた。

第七章　早足

「そんじゃ栗坊《くりぼう》は今もあの寺にいるってんだな」

マルメが茶碗片手に雑木林の向こうに顔を出している伽藍《がらん》を睨んだ。

「ああ、夜になるのを待つと言っている」

「怪しいな、あの寺」

ミイヤも酒飲みのようにくいっと茶をあおると、「うん、怪しい」と繰り返した。

「それじゃ、寺に居着く座敷わらしなんてのはいないっていうんだな」

「ああ、おらたちが知る限り寺に座敷わらしが居着くなんてことはまずねえ。そもそも寺なんてのは仏様が守っている場所だ。おらたちに出番はねえよ」

「まあ、居着いているかどうかはわからないんだけどな」

代三郎《だいざぶろう》も茶を飲む。薬缶《やかん》に入っていたのは稲取屋《いなとりや》で出した冠茶《かぶせちゃ》だった。旨味の強い茶は長歩きと寺での一件で疲れていた体に優しかった。

安迷寺《あんめいじ》までは距離にして五町ほどか、代三郎は三人の座敷わらしたちと田圃《たんぼ》の間を流れる小川の堤に腰を下ろして夜が来るのを待っているところだった。

それにしても思わぬ援軍であった。座敷わらしたちは驚く代三郎に「ひさしぶりに茶屋に顔を出したら於巻《おまき》から安迷寺とかいう寺に行ったたって聞いてな」と事情を説明した。

「そんでまあ、ちょいと走って来たってわけだ」

サイサイが言うには、「栗坊に頼まれたからな。おらたちはおらたちで探っていたのさ」

とのことだった。

座敷わらしたちは自分たちの名を騙《かた》っている者がいるのではないかと、それぞれに目を光らせていた。が、ここしばらくそうした話はほとんどなかったという。唯一耳にした情報は、二十日ほど前の明け方に、新大橋《しんおおはし》を同じ座敷わらしのなりをした子どもの一団が深川《ふかがわ》から浜《はま》町《ちょう》に向かって駆けて行くのを、たまたま岸辺の家に棲み着いている仲間の一人が目撃した、というものであったという。

「話によると、十人ばかりの座敷わらしが、わっせわっせと箱を担いで駆けて行ったそうだ」

二十日前といえば、名木曽屋《なぎそや》から千両箱が盗まれたときと重なる。

「その、代三郎の茶屋に出た三太《さんた》とかいう座敷わらしは金目当てだったんだろ。だとしたら、橋を渡っていた連中がその千両箱を運んでいたんじゃねえかな」

ミイヤの推理は、代三郎が抱いていたそれと同じものだった。

「そんなことができるのは、確かにおらたちくらいなものかもしれねえな」

サイサイもこれが座敷わらしの仕業だと認めていた。

「ひとつ聞いていいか。幽霊にそういう真似はできるか」

代三郎の質問に、わらしたちは首を横に振った。

「幽霊に物を運ぶなんて力はねえ。せいぜい揺らしてゴトゴト言わせるくらいだ」

「ふーん、そうかい」

「わかっているよ、代三郎の考えていることは」

マルメが答えた。

「そいつらはおそらく、本物の座敷わらしではねえ。座敷わらしであって座敷わらしでねえ、別のなにかだ」

「ま、なんにしろ日が暮れたらおらたちも行くべ」

ミイヤが残りの茶をあおった。

「そうだな。おらたちを騙るもんの正体さ突き止めるべ」

サイサイもならった。

「魔物に出くわすかもしれないんだぞ、お前ら大丈夫なのか？」

気になっていたことを訊いてみた。実年齢はともかく、座敷わらしたちはなんといっても

「わらべ」だ。精霊とはいえ魔物が相手となるとさすがに分が悪いだろう。

「代三郎、新大橋を渡っていた座敷わらしたちがなんで誰にも見つからなかったかわかるか？」

「どういう意味だ？　お前たちゃ人の目にはつかないんだろう。見つからなくてもおかしくはないだろう」

「おらたちは目立たなくても、千両箱が何個も動いてりゃさすがに目につくべ」

「そうか、それもそうだな」

マルメは「にひっ」と笑うと一瞬にして姿を消した。

「あれっ、おいマルメ！」

「ここだ、ここだ」

マルメは土手から五間ほど離れた畦の上にいた。

「速えな。どうやってそこまで行ったんだ。なんかインチキでもしたのか」

「インチキだなんて人聞きの悪いこと言うな。ちゃんと走ったのさ」

「なんにも見えなかったぞ」

「そりゃあれだ。目にも留まらぬ速さってやつだ」

「すごいな。栗坊よりもずっとすばしっこいな」

座敷わらしにこんな特技があるとは知らなかった。

「代三郎よお」

横でミイヤが呼んだ。

「その三太って座敷わらしはマルメみたいに走れたかい」

「それはわからないな。あの家は大猫《おおねこ》様のまじないがかかっているだろう」

「ああ、そうだったな。おらたちもあの家の中じゃこうはいかねえ」

「ただ、おかしいところがあったな。お前らと違って奥州《おうしゅう》訛りがないんだ。本人も江戸の生まれだって言っていた」

「そりゃ怪しい。そいつはやっぱり〈もどき〉だ」

「んだ。三太なんて名前も座敷わらしにしちゃおかしい」

サイサイも言ったかと思うとマルメの隣に移動してみせた。

「おい、本当に走っているのか。俺の目にはなにも見えないぞ」

「人の目にゃあんまり速過ぎて見えねえんだ。目つぶって、ひい、ふう、みい、と数えてみな。その間にここと江戸の往復くらいしてみせっぞ」

ほらを吹きやがってと笑い飛ばしたいところだが、やってみせろと言えばやりかねなかった。

「なるほどなあ。それだけ速けりゃ千両箱を担いでいたって、誰にも見えやしないよな」

「ああ、代三郎も帰りはおらたちにまかせろ。担いでやる」

言うやいなや、マルメとサイサイは代三郎の前に戻って来ていた。

「さすがは精霊だな。驚いたよ」

田圃からはゲーゲーと蛙の声が聞こえてくる。安迷寺のある雑木林の向こうにたなびくように飛鳥山《あすかやま》の緑が見える。太陽はその上にあった。日暮れまではそう遠くないだろう。「どれ」と代三郎は草の上に寝転がった。

「空でも眺めて夜が来るのを待つか」

「んだな」

マルメたちも横になった。付近の田畑には野良仕事の百姓の姿がちらほらとあったが、座敷わらしたちの力なのか、こちらに注意を払う者はいなかった。


夜、代三郎と座敷わらしたちは安迷寺の山門の前まで来ていた。

「夜に来るのはいいんだけど、問題はこの門だな」

山門は閉じている。ミイヤとサイサイが、その閉まっている門を窺《うかが》っている。

「どうだミイヤ。入れそうか」

「門からでねえと無理だ。塀の上をまたぐと結界に触れる」

「そうか。栗坊が言っていたやつだな」

代三郎は三味線を構えた。

「結界には結界ってことで、ひとつ鳴らしてみようかね」

「そんなことしちゃならねえ。おらたち座敷わらしの流儀に反する」

「流儀ってなんだ」

「座敷わらしは音もなく居着くもんだ」

「よく言うよ。その割に物音を立てるじゃないか」

「あれはその家の者たちに座敷わらしが居着いているぞと親切に教えてやっているだけだ。でねえと人間はばかだからな、おらたちが居ることに気付きもしねえ」

「こんなとこで名乗りをあげてみろ。すぐに囲まれっぞ」

マルメも三味線には反対のようだった。

「なんだか得体が知れねえけど、中になんか大勢いる」

「魔物か」

「わがんね」

しっ、と人差し指を口に当てたのはサイサイだった。

「道のあっちからなんか来るぞ」

全員で近くの茂みに隠れた。

間を置かず山門の前に人影が現われた。何人かいた。背が低い。一目で座敷わらしとわかった。

座敷わらしたちはそれぞれなにかを抱えていた。金か金目の物のようだった。

「オン カカカ ビサンマエイ ソワカ」

一人が地蔵菩薩《じぞうぼさつ》の真言を三度唱えると、山門がギイイと開いた。座敷わらしたちは奥へと消えてゆく。すると山門はまたそれに応えるように勝手に閉まった。

無人となった門の前に、少しの間様子を見てから代三郎たちは戻った。

「もうさっきの連中は境内の奥に行ったろう。俺たちもやってみるか」

「んだな」

オン カカカ ビサンマエイ ソワカ。オン カカカ ビサンマエイ ソワカ。オン カカカ ビサンマエイ ソワカ。四人で三度繰り返した。

山門がゆっくりと動いた。

門を抜け、参道を本堂へ向かって歩く。境内に明かりはまったくない。僧侶たちも僧房で眠っているようだ。だが、マルメたちの嗅覚は其処彼処《そこかしこ》に蠢《うごめ》くなにかを感じ取っていた。

「こりゃあひでえ。そこらじゅう妖気に覆われているな。ここじゃ早足はきかねえな」

「魔物がどこにいるかわかるか」

「栗坊をさがすのが先決だべ」

「確かにな」

代三郎一人で魔物と対決したところで倒す術がない。魔物を退治するには栗坊の弓や太刀の力が不可欠だった。

「隠れろ」

前を行くミイヤが言った。近くにある石灯籠《いしどうろう》の陰に身を潜める。

外に面した本堂の廊下を座敷わらしたちが歩いていた。

「さっきの〈もどき〉どもか」

サイサイが睨みつける。

「本堂に入った。中を覗くべ」

忍び足で本堂に近づく。廊下に上がり、格子窓からそっと中を覗いた。

暗い堂内に、人よりも大きななにかがいる。そのなにかの前に、座敷わらしたちが集まっていた。

「なにをやっているんだ」

目をこらすと、大きななにかは人のような形をしていた。

耳を澄ますが、なにも聞こえない。代三郎は隣にいるわらしたちを見た。

「マルメ、なにか聞こえるか」

「代三郎には聞こえねえな。思念で喋っている。ここからじゃそれもよく聞き取れねえ」

「あのでかいやつはなんだ」

「よく見ろ。はあ、こいつはたまげた」

「なにがたまげたんだよ」

「ありゃあ地蔵菩薩様でねえか」

「地蔵菩薩だって。仏像が動いて喋っているのか」

「驚くことはねえ。つくも神を思い出せ。物に魂が宿って動くことはある」

「つくも神じゃなくて、ありゃ魔物じゃないのか」

「かもしれねえ。近くに寄ってみないとわかんねえな」

「なあマルメ、おらとサイサイであの〈もどき〉どものふりすっか」

ミイヤだった。

「そら名案だ」

「そんなことできんのか」

「人の目を眩ませるのはおらたちの得意技だ。心配すんな」

「あれは人じゃなくて魔物だぞ」

「しっ、声がでかい」

地蔵菩薩がこちらを向いたような気がしたので頭を引っ込めた。

どうしたものか。あまり長居しているとまずいことになりそうだった。

〈栗坊がいれば……〉

ここに栗坊がいて、もしあの地蔵菩薩が魔物だとしたら、一気にかたをつけるのだが、それをできないのがもどかしかった。

「代三郎」

マルメが腕をつかんできた。

「栗坊も見つからないし、ここはミイヤとサイサイにまかせておらたちは別の場所をさぐるべ」

「そうしよう」

頷いて、身を屈めて階段を下りた。

「待て」

マルメが袖を引いた。階段をたてにして隠れた。

すぐ目の前をものすごい速さでなにかが駆け抜けた。すぐにそれを追って子どもたちが何人も走り過ぎる。

「猫だ猫だ！」

「つかまえろ！」

猫？　とマルメと顔を見合わせた。

本堂からも足音がした。

「なんかいるのか？」

「猫だよ猫！」

子どもの声が響く。耳ではなく、直接頭に響くような声ばかりだった。

「どっちに行った？」

「観音堂の方だ」

「あの猫、さっき本堂で俺たちが座敷わらしになるとこを見ていたぞ」

「怪しい猫だ。とっつかまえるんだ」

境内のあっちこっちから声が聞こえた。

「栗坊が追いかけられているみたいだな」

「たぶん結界に邪魔されて外に逃げられないんだべ」

ひょいと顔を出して廊下を覗くと、ミイヤとサイサイの姿がなかった。この騒ぎに乗じて動き始めたらしい。

「代三郎、おらたちで山門を開けておいてやろう」

「栗坊のやつ、気付いてくれるかな」

「なあに、門の前で三味線を鳴らせばいい」

「鳴らしていいのか」

「背に腹は替えられないべ」

隙をついて本堂から離れた。参道の端を、松並木を隠れ蓑《みの》にしながら山門に戻る。真言で開けて、下に止め板をかませた。三味線は柱に立てかけた。

「マルメ、もし俺たちが魔物に気付かれた場合、ミイヤとサイサイは大丈夫か」

「わからねえ。魔物がこっちに気を取られてくれりゃあ逆に仕事がやりやすくなるかもしれねえ。いい方に考えることだな。ま、死んだら死んだら死んだ」

「死んだら死んだって……」

「おめえ知らねえのか。おらたちゃ滅多なことじゃ死ねねえんだ。んだもんだから、ずるずると何百年も過ぎちまう。死ぬのも一興ってとこだ」

「呆れたな。俺よりものんきなやつがここにいた」

「なあに言ってんだ。おめえも似たようなもんだろう」

「俺は人間だ。心の臓が止まりゃあくたばる」

「なあんもわかってねえみたいだな。ああ、こりゃ哀れだ」

「なにが哀れなんだよ。気になるじゃないか」

「くだらねえお喋りしている場合じゃねっぞ。ほーれ、見つかった」

「見つかった？」

背後を見ると、夜道に男が一人立っていた。

「この夜更けになにをしておられるのかな」

星明かりの下で、山伏のような出で立ちが見えた。

「寺に用があるなら昼に来られるとよい」

男は、代三郎のかたわらにいる座敷わらしに気付いた。

「お前、なんのお許しがあって寺の外に出ている。姿まで晒《さら》して、コタン様の許しは得ているのか。それともすでに札より出て務めを果たした帰りか」

「帰りにございます」

咄嗟《とっさ》の判断だろうが、マルメは冷静に返答した。

「そちらの方はどなたか。人を案内するようにとは言われていないはずだ」

「わたしが帰って来たら、ちょうどここにおられたのです」

「大人ぶった口をきくものだな。さてはお前、町人の子ではないな」

「武家の出にございます」

「ふん、ところでどの家から来た。美元《びげん》がいなくなってからこっち忙し過ぎてな。どの家にどの札を納めたか忘れてしまった」

そこまで言ったところで、口が過ぎたとでも感じたのか、男は代三郎に問いかけた。

「このへんに住まわれておられるのか」

「いえ」

「あいにくこの寺に宿坊はない。この道を真っ直ぐ歩けば王子《おうじ》に着き申す。どこかで軒を借りて夜を明かされるとよいでしょう」

男がこちらを追い払いたがっているのがわかった。そして男の正体が何者かも。

さて、どう出たものか。

「失礼ですが、なにか勘違いをされているようですね」

口が自然に動いていた。

「勘違い?」

「俺はあなたに会いたくてここに来たんですよ」

「わたしに会いに？」

あからさまに用心する顔つきだった。

「お名前は存じあげませんが、もしや江戸でお札を配ってまわっているという修験者は、あなたさまではございませんか」

「どうしてそれをご存知なのか」

「お訊きしたいことがあるのです」

「なんでしょう？」

「この札、どうやって使えば燃えずに済むんですかね？」

代三郎が胸元から取り出したのは、道村座《みちむらざ》で手に入れた札だった。

「そ…それは」

「あなたが道村座の座元にうまいこと言って押しつけた札ですよ」

「座元には、北側の柱に貼るようにと伝えたはずだが」

「いや、貼っておくと燃えてしまうっていう話を聞きましてね。芝居小屋から火事なんか出したら奉行所からどんな御咎《おとが》めを受けるかわかったものじゃない。そういうわけで元の持ち主に返しに来たってわけですよ」

「誰だ」

男の声には完全に敵意が込められていた。

「どうしてここがわかった」

「なに、追いかけただけのことですよ。昨日、歌舞伎が終わったらお声をかけようと思ったんですけどね。誰かさん、見せ場の十一段目の、しかもいちばんいいところだってのに、立ち上がってすたこら帰っちまうもんだから」

「道村座の者なんだな」

「昨日はたまたま、ね」

「たまたま?」

男はじろりと代三郎を見た。全身を点検するように頭から足先までをねめまわす。

「わかんないみたいだね」

代三郎はくるりと転じて門柱に立てかけておいた三味線を手にとった。

「これこれ」

「それは!」

ベーン、と鳴らしてみた。「うっ」と男が顔をしかめた。

「悪いが寺の中には入れないぞ。あんたにゃ訊きたいことがたんまりあるんだ」

ベンベベン。もう一度鳴らす。男の顔が歪む。

「やめろ」

「誰がやめるか。言えよ。いったいなにが目的で札なんか配ってまわっているんだ。金が目当てだってのはわかっている。だけどそれだけじゃない。俺はそこが知りたいんだ」

ベンベベンベベン、ベンベベンベベン。

近くで鳴らす三味線の音は思った以上に有効なようだ。男は動くこともできずにいる。

「やめろ、やめろ」

「なら話せよ」

「おい、わらし。寺に入ってコタン様に告げよ。怪しき者が来たと」

男がマルメに命じる。

「地蔵菩薩様にか」

「そうだ。なにを当たり前のことを訊いておる」

ベンベベンベベン、ベンベベンベベン、ベンベベンベベン。繰り返される三味線の音に男が「うぐあ」と頭を抱えて跪《ひざまず》いた。

「やめてくれ」

やはりだ。あの美元という使い魔も代三郎の三味線だけでほとんど力を失っていた。男が美元と同じ使い魔であるなら栗坊なしでもなんとかなる。そう踏んだのだが、吉と出たようだった。

ただ、あまり長くつづけるわけにもいくまい。他に物音のしない夜更けだ、境内の奥まで音が届いていてもおかしくはない。

「わらし、なにをしている！」

「おらはおめの言うことは聞かねえ」

「聞けば望みが叶うぞ」

「望みってなんだ。おらの望みはおめえの正体をあばくことだ」

「なんだと」

「コタン様って誰だ。地蔵菩薩様のなりをして、なにをしている。さ、白状しろ」

「神に向かって、神の使いであるわたしに向かってなんという言い草か」

「なあに偉そうなことを言っている。代三郎、もっと三味線鳴らしてやれ」

マルメに言われてさらに早弾きを加速させようとしたときだった。門の向こう側から地鳴りのような音が響いてきた。

「なんだ？」

マルメが門から中を覗いた。

「うひゃあ！」

マルメの叫び声とともに栗坊が飛び出して来た。次いで、ミイヤとサイサイも出て来た。

「どうしたんだ」

三味線の音は絶やさずに中を見てみた。

「うわっ！」

目に入ったのは、参道を埋め尽くしてこっちに駆けて来る座敷わらしの群れだった。なにかに操られているのか、わらしたちの目は獲物を見つけた獣のようにギラギラ光っている。そのギラついた目が、何百と迫って来ている。栗坊を追っているうちにこんな数になったらしい。

「やべえ、閉めろ！」

止め板をはずして門を閉めた。

「いったん退散だ」

振り返ると、人間の姿になった栗坊が太刀を男に向けていた。

「使い魔よ。ご主人様によく伝えておくんだね」

男は切っ先を向けられて動くことはできない。

「これ以上の悪事は許さない。覚悟しておけってね」

「不埒《ふらち》な……」

「不埒はどっちだい。子どもを操って盗みを働かせる方がよほど不埒じゃないか」

「盗みなどと申すな。あるべきものをあるべきところに戻しているだけだ」

「そのために座敷わらしになりすましてかい。座敷わらしもいい迷惑だね」

「座敷わらしごときの評判がどう落ちようと、我らには関係ないわ」

門がどんどんと鳴った。わらしたちが出て来ようとしている。

「おいみんな、引き揚げるぞ」

とりあえずはいったん引いた方がよさそうだった。使い魔や魔物はともかく、あのわらしたちを傷つけたくはない。

「代三郎、栗坊、こっちゃ来い！」

マルメが袖を引っ張った。ミイヤとサイサイも駆け寄る。

「行くべ！」

だっと走り出すわらしたちにつかまれたまま、代三郎と栗坊は夜道を瞬く間に走り抜けた。

第八章　地蔵菩薩《じぞうぼさつ》

「うつそ、ここもう長屋?」

裏木戸の前まで来ると、栗坊《くりぼう》が素っ頓狂な声をあげた。無理もない、五つ数えるかそこらのうちに三里の行程を一気に駆けてしまったのだから。

「ああ、驚いただろう」

そう言う代三郎《だいざぶろう》自身も目を白黒させていた。マルメに引っ張られたかと思ったら、いきなり景色が流れ出し、かと思うともう我が家に帰って来ているのである。

声が聞こえたらしく、於巻《おまき》が中庭に面した井戸側の戸を開けるのが聞こえた。

「静かにしないとみんな起きちゃうわよ」

出て来た於巻は寝支度の格好だつた。とりあえずは全員、家に入って茶屋の座敷に陣取った。

「これではっきりしたな。本堂にいた地蔵菩薩が魔物だ」

あとは倒すだけ。そう言いきりたいところだけれど、あの座敷わらしたちが気になった。

「お前たちどう思う。あれは本当に〈もどき〉か」

「間違いねえ。ありゃ〈もどき〉だ。もっとも誰が見たってそうとはわからないくらいおらたちとそっくりだったけどな」

ミイヤとサイサイは、あれから地蔵菩薩がわらしたちになにを言っていたか、すべてではないが盗み聞きしてきたという。

「あれは、あそこに供養されている子どもたちだ。それが座敷わらしに化けさせられて悪さを働いているんだ」

「やっぱりそうか」

「まいったよ」

栗坊はというと、面目なさげに笑っていた。

「隠れていたんだけど、見つかっちゃってね。猫だ猫だって追いかけ回された。どこに逃げても次から次へと現われるんだからかなわないや。三味線が鳴ってくれて本当に助かったよ」

追いかけてきたのは座敷わらしだけではない。それに化ける前の子どもたちもいたという。

「子どもたちが座敷わらしに変わるところを見たよ」

夜、朝の早い僧侶たちが寝静まると、あの塔頭《たっちゅう》の裏にある地蔵から次々と子どもたちの霊が出て来た。子どもたちは、なにか順番か当番でもあるのか、幾人かが塊となっては本堂の内部へと吸い込まれるように消えていった。しばらくしてかわりに出て来たのは、座敷わらしの姿となった子どもたちだった。

「本堂を覗いてみたら、地蔵菩薩が子どもたちに光を当てていた。でも、ぼくが見ることができたのはそこまでだったよ」

夜の境内は子どもたちの遊び場だった。見ると、そこらじゅうで子どもたちが鬼ごっこやかくれんぼをして遊んでいた。数百もの子どもたちの目から逃れることはさすがの栗坊もできなかったらしい。

「ねえ、あの地蔵菩薩は子どもたちになんて言っていたんだい」

栗坊に促されて、ミイヤとサイサイは自分たちが目にしてきたものについて語り始めた。

「おらとサイサイは、あれからあの〈もどき〉どもに交じって地蔵菩薩の前に行ったんだ」

地蔵菩薩は、子どもたちに「コタン様」と呼ばれていたという。

「コタンだかなんだか知らねえけど、ひでえやつだったな」

「どうひどいの？」

「札を貼った家にある銭は全部悪さをして集めたもんだから分捕って来い、そうしたらかわりに親のもとに生まれ変わらせてやるって〈もどき〉どもに言っていた」

「まんずまんず適当なことばかり並べてな」

サイサイが鼻をつまむ。

「ありゃ相当な強欲だな。持って来た銭は自分が浄財に変えるだとかきれいごとぬかしていたけど、どうせ懐に入れるつもりだべ。野郎の後ろに千両箱やら櫃《ひつ》やらがわんさと積んであったわ。まじないをかけて坊さんたちには見えねえようにしているんだべ」

幽霊のはずの子どもたちは、コタンの放つ光によって「座敷わらし」へと姿を変えていた。

「霊には物なんか運べねえけど、おらたちになれば簡単に運べるからな。ただしょせんは〈もどき〉だ」

「んだ。コタンの話じゃ外で座敷わらしになっていられるのはもって半刻か一刻だって言っていたな」

「なるほど。だから札に封じ込めて、いざってときしか出て来なかったんだ」

「そういうことだな」

見ていると、子どもたちは魔力に影響されているのか、コタンの言うことを信じて疑っていない様子だったという。ミイヤとサイサイは自分たちも騙されているふりをしてコタンに訊いてみた。

「おらたちが座敷わらしに化けて、本物の座敷わらしは迷惑しませんか。それにもし本物の座敷わらしのいる家に出ちまったらどうすりゃいいんですか」

「安心せよ」

コタンはそう答えた。

「札売りには他に物の怪がいるような家は選ぶなと言っておる。あやつらはたいした力は持たぬが鼻だけはきくからな。それでも間違って出会ってしまったら、運が悪かったと観念しておのれの力で退けよ」

「おのれの力で？」

「そうだ。父や母の子としてまた生まれたければ、それくらいのことができぬはずがない。だいたい相手は奥州《おうしゅう》の田舎妖怪だぞ。わしが授けた力を持つお前たちの方がよほど強いわ」

そうだ、と男の子のわらしが答えた。

「俺たちは江戸っ子だ。田舎者なんかにゃ負けやしねえ」

「そうだそうだ」

「誰にも邪魔はさせねえぞ」

「あたいだって生まれ変わって親孝行するんだ！」

「俺もだ！」

〈わらしもどき〉たちは誓いを立てるように叫んだ。

「では、お前たちを札に封じるとしようかの」

地蔵菩薩がそう口にしたときだった。

「待てえええ――――――っ！」

どたどたどたと本堂の廊下を走る子どもたちの声がした。

「何事か」

地蔵菩薩が問うと「猫です」と廊下から答える声がした。

「野良猫だろう。猫がどうしたというのか」

「誰が最初につかまえるか、競争しているんです」

「ふう。くだらんことを……」

「つかまえたら、コタン様が褒美をくださるって。なにをくれるんですか？」

「えっ、それ本当？」

サイサイが立ち上がった。

「つかまえろ！」

ミイヤが本堂から外に出た。他のわらしたちも興奮してついて来た。

「待て、わしはそんなことは言っておらんぞ。お前たちときたら勝手なことを」

ミイヤとサイサイは聞こえないふりをして飛び出した。でないと危うく札に封じられてしまうところだった。

「猫はどこだああ――――っ！」

　境内は同じように栗坊を追うわらしや子どもたちで溢れ返っていた。ミイヤとサイサイはそれにまぎれて本堂の前の広場を突っきり、一目散に参道へと駆けた。すると偶然にも目の前を栗坊が走っていた。背後にはそれを見つけた〈わらしもどき〉や子どもたちが迫っていた。代三郎たちによって門が開かれていなければ危ないところだった。

「ふざけたやつだな」

　マルメは呆れていた。

「そんなふうに子どもの霊をたばかって操っているだなんて、いってえ何者だ」

「ってことは、生まれ変わらせてやるという約束は嘘なのか」

「ああ、嘘に決まっている。本物の地蔵菩薩様だって死んだ人間を天上界で生まれ変わらせることはできても、人の世にもう一度生まれ変わらせることはできねえ。そんなのはおらたち下っ端の精霊や妖怪でも知ってる」

「じゃあ、〈もどき〉にされた子どもたちはこき使われて働き損か」

「んだ。そればかりか、盗みを働いたかどで黄泉に行ったあと地獄に落とされるかもしれねえ」

「そんなのひどいよ」

於巻が口を尖らせた。

「代三郎さん、栗坊、そのコタンとかいう魔物、ちゃっちゃとやっつけちゃいなさい！」

「あい」

「あいじゃなくて、なんだったらわたしが行くよ」

「バカ言うな。明日にでも行って片付けて来るよ」

ただし、と代三郎は付け加えた。

「厄介なことがひとつある」

「厄介なことって？」

「あの寺だよ。結界みたいなものが張られているんだ。あそこじゃ栗坊が力を出しきれない」

「魔物を外に引っ張り出せないの？」

「それができればいいんだけどな」

「もうひとつ厄介ごとがあるよ」

そう言う栗坊は、めずらしくうんざりした顔を見せていた。

「あの子どもたちをどうにかしなきゃ落ち着いて仕事ができやしないよ」

「確かにな」

思い出すと、笑いごとではないのだが笑えてくる。

「猫に天敵がいるとすれば人間の子どもだものな」

「まあ、今度は最初から猫じゃなくて人の姿をして行くからいいけどさ。それよりもへたに魔物とやりあったらあの子たちも巻き添えになってしまいそうで、それが心配だよ」

「んだなあ。あの〈もどき〉たちゃみんなコタンとかいうのを信じきっているみたいだったしな。巻き添えどころか邪魔立てしてくるかもしれねえな」

ミイヤの言葉にマルメもサイサイも「ありえるな」と頷く。

「大猫《おおねこ》様に相談してみる？」

於巻がちらりと神棚に目をやる。

「そんなことは自分で考えろ、と言われるのがオチだろう」

「ぼくもそう思うな」

「でも、なにか考えるネタくらいはくれそうじゃない。いつもそうでしょ」

「まあな。どうせ今回のこれもどっかで高みの見物をしていそうだしな」

「昼のうちに行くってのはどうかな」

栗坊が提案した。

「見たところ魔物は昼のうちは隠れているみたいじゃない。その間にできることがあるかもしれない」

「あの坊さんたちの目があるだろう」

「それもそうだね」

「代三郎さん、その住職さんたちは本当にこの一件には関係ないのかな」

「悪だくみには連座はしていないようだな。魔物が隠れ蓑《みの》にするのにいいように操られている感じはするけどな」

昼の一件で代三郎と栗坊は住職に要注意人物として見なされてしまった感がある。彼らの見えるところで目立つ振る舞いはできそうにない。いっそ魔物が眼前に現われて派手にやらかしてくれでもすれば話は別かもしれないが、そこに至る前に寺から追い出されてしまいそうな気もする。

「ところで、その魔物の正体はなんなの。コタンとか名乗っているんでしょう」

「コタンなあ。こんな名前の魔物は初めてだな」

魔物は魔物。倒せばいい。これまで代三郎はそう割りきって魔物と対峙してきた。だが今度のように名前を知ると、相手が何者であるかが気になってくる。

「地蔵菩薩様じゃねえのは間違いねえ。ありゃ見る者をだまくらかす仮の姿だ」

「ミイヤの言う通りだと思う。んだけど、なんか自分のことを神とか名乗っているみたいだったな」

そういえばあの「札売り」の男がそんなことを口走っていた。

「コタンか。言われてみりゃあ神っぽい名前だよな」

「神様が仏様に化けて悪事か？　くわばらくわばら」

マルメが首を切られる真似をしてみせる。

「うーん、もし本当に神様だったらぼくたちよりずっと格上だね」

「俺たちやられちゃうかもな」

あはは、と笑いあっていると、於巻に「こら」と怒られた。

「そんなことでどうするの」

「ははは。冗談だよ」

代三郎は、「今日は遅いし、そろそろ寝るか」と立ち上がった。

「どっちにしろ次は真正面から対決だ。そのときに訊いてみるか。お前さん、何者だってな」

「答えてくれるかしらね」

「答えてくれなきゃそれでいい。かえってその方が楽だ。そういうやつは戦うのに精一杯で余裕がないってことだからな」

「そうそう。逆に答えるようなら自分に自信があるってことなんだよね。こういうのは手強いんだ」

「二人ともがんばってちょうだいね」

「おらたちも手伝うからな」

「マルメ、悪いな。お前がついて行く漢学者さんはどうなった」

「先に盛岡《もりおか》さ行った。今ごろは宇都宮《うつのみや》か、早けりゃ白河《しらかわ》にでもいるんじゃやねえかな」

なあに気にすっな、と本物の座敷わらしは小さな胸を叩いてみせた。

「代三郎も見たべ。おらたちの足の速さを。その気になりゃすぐに追いつくさ」

「ありゃお前、速いなんてもんじゃないぞ。お前らにかかったら海を渡って異国にも簡単に行けそうだな」

「異国なんか興味ねえ。おらたちは陸奥《むつ》のまわりにしか住まねえよ。出張っても箱根《はこね》の山から向こうにゃ滅多に行かねえ。昔は都や西国にも行ったけどな。ろくなもんじゃやねえからやめたんだ」

「へえ。あんたたち、都にもいたんだ」

「ま、昔の話だ」

「しかし驚いたな。座敷わらしっていったら家の奥間で日がなだらけているもんだとばかり思っていたのによ」

誰かさんと似ているわね、と於巻が呟いた。

「まあな。おらたちもやるときはやるってことだ」

「座敷わらしにあんな足の速さがあって、なんの足しになるんだ」

「そりゃおめえ」

マルメが言うと、ミイヤもサイサイもおかしそうにくすくすと肩を揺らした。

「逃げるときに役立つべ」

「んだなあ」

「んだんだ」

言われてみれば、今日も退散するのに役立ったばかりだった。

「さっきも言ったけどな。昔はな、おらたちも遠くは九州《きゅうしゅう》辺りまで行ったもんなんだ。あの頃は城に居着くのが流行ってな。おかげでひでえ目に遭ったやつがいっぱいいた」

「ひでえ目って？」

「戦で城が落ちたりな。そりゃあもう散々だった」

「お前らもなんか見たのか？」

おもしろそうなので座り直した。

「壇ノ浦《だんのうら》は、あれは嘆かわしかったな」

「源平《げんぺい》合戦か。それ家じゃなく舟だろう」

「舟に居着いていたんだ。揺れて大変だったな」

「おうおう、矢はいっぱい飛んで来るしな。おっかねえったらありゃしねえ」

「おらは潮が変わったときに、こりゃもう駄目だと腹あ括ったな」

「おらもだ。二位尼《にいのあま》さの顔見てな、あ、こら死ぬ気だわと悟った」

「言仁《ときひと》は助けてやりたかったな。まだあんな小せえのに道連れにするこたあねえだろ」

聞いていると、どうもわらしたちは平家《へいけ》方の舟に居着いていたようだが、どこまで本当だかは知れたものではない。

「言仁って誰だよ」

「安徳帝《あんとくてい》だ。背格好が近いからよく遊んでやったんだけどな」

「ありゃその辺の貧乏公家にでも生まれてりゃよかったのにな。ああ気の毒だ」

「ま、さっさととんずらこくに限ったな、あんときは」

「んだんだ」

「おらは教経《のりつね》が獅子奮迅の戦いさしているうちに今だと抜け出した。あとは知らね」

調子に乗って昔話に興じているわらしたちを代三郎は「おい」と遮《さえぎ》った。

「あとは知らねじゃないだろ。座敷わらしってのはいるかいないかでその家の家運が決まるんだろう。ひょっとして平家が滅んじまったのはお前らが逃げ出したからじゃないのか」

「そんな殺生なことを言うでねえ」

「そうだ、代三郎。人の世で起きたことを座敷わらしのせいにするでね」

「ていうか、今の話本当かよ」

「さあな」

「なにしろ古い話だからな。よく覚えてねえ」

座敷わらしたちはニタニタしていた。考えてみれば、見かけこそかわいいがこれでも妖怪である。人間の常識など通用しないし、過去にどんな闇があるかわかったものではない。

「これ以上はやめとこう。昔をほじくり返すとお前らなにしているかわかったもんじゃない」

「なんだよ。比叡山《ひえいざん》焼き討ちの話でもしてやろうかと思ったのに。あれはすごかったぞ」

「それよかほら、天草《あまくさ》の乱、あれも語り種だ」

「遠慮しときます」

代三郎は「はあ」と肩で息をした。

「それよりも、お前らそれだけ昔を知っているんだったら、コタンとかいうやつの正体もつかめるんじゃないか。なんか方法ないのかよ」

「まあ、さがせばないことはないだろう」

「座敷わらしの仲間みんなに聞いてやるよ」

江戸には数百の座敷わらしがいる。それだけいれば、誰か一人くらいはなにか知っているかもしれなかった。

「代三郎、明日も寺に乗り込むんだろ」

ミイヤが訊いた。

「ああ、そのつもりだ」

「がんばれよ」

「あれ、加勢してくれるんじゃないのか」

「なあに甘ったれたこと言っているんだ。自分でやれ」

マルメが言うと、わらしたちはケタケタと笑った。

「おらたちも今日はひさしぶりに早足さ使って疲れた。帰って寝るとするべ」

言ったそばから手の平を返す。これだから妖怪とか精霊ってやつは……。


座敷わらしたちがそれぞれの家に帰ると、代三郎たちも寝る支度に入った。

今晩は全員で居間で寝ることにして、持ち帰った札を柱に貼った。もしまた〈わらしもどき〉が出て来たら、そのときは素早く札を桶の水にでも浸して燃えなくする。そのうえで現われた〈わらしもどき〉に詳しい話を聞く。そう決めて寝ることにした。

「今日、おたまさんから聞かれたわよ」

床に入ると於巻が言うときを待っていたかのように教えてくれた。

「なにをだ？」

「代三郎さんに子はいたのかって」

「ああ……」

もうなんの話か察しがついた。

「俺が安迷寺《あんめいじ》に行くっていうから、子の供養と勘違いしたってわけだな」

「おたまさん、さっそく他のおかみさんたちにあることないこと言いふらしたみたいだよ」

「はあ、あの人はいつもこれだな」

きっと井戸端であれこれ話しているうちに、じゃあちょいと確かめてみようかと於巻のところに来たということだろう。

「すまないな。お前までへんな目で見られたんじゃないか」

「わたしは気にしないよ」

「おたまさん、自分のことは棚に上げておいて。まあ、らしいっちゃらしいな」

「こっちも逆に聞いたよ。なんでそんなことが気になるんですかって」

「そうしたら？」

「そうしたら、みんなには内緒よって教えてくれた。おたまさんのところ、ずっと若い頃に男の子を一人亡くしているんだってね。それで代三郎さんのことが気になったんだって」

「やっぱりそうだったか」

そのおたまの子も、安迷寺に供養されているのだとすれば、さっきの〈わらしもどき〉たちの中に交ざっていたはずだ。そうやって考えると、あの魔物のやっていることが許せなくなってくる。

「許せないね。子どもを使うだなんて」

於巻も同じ思いに駆られているようだった。

「……ああ、卑怯だな」

返答が少し遅れた。眠気が体を包み始めていた。

もう少しで眠りに落ちようとしたところで、於巻が言うのが耳に入った。

「なんで北なんだろうね」

そのまま眠ってもよかったけれど、なにか引っかかるものがあった。

「北に札を貼れってことは、西や東じゃ駄目なんでしょう」

「そうなんだろうな、きっと」

「方角となにかが関係しているみたいね」

「方角か……」

栗坊の意見も聞いてみたかった。

「栗坊？」

「寝ているよ。代三郎さんの頭の上でまるくなって」

「明日、話すか」

「今思いついたんだけどさ。北っていうのは魔物にとっては吉で、こっちにとっては凶なんじゃない」

「それ、ありだな」

考えているうちに、代三郎は本物の眠りに入った。

第九章　わらしもどき

本番を前に緊張でもしていたのか、翌朝は珍しく於巻《おまき》より早く目を覚ました。井戸で顔を洗い、なんとなく裏木戸から外に出ると、ぎょっとする光景に出くわした。

「ひゃはははは！」

茶屋の前で声を立てて笑っているのは、なんと座敷わらしであった。

「待てこらああ――――っ！」

木戸の向こうからそれを追いかけているのは近所でよく会う岡っ引きの吾郎《ごろう》だった。

「この小僧、それを置いていけえ――――っ！」

「やなこった！」

座敷わらしの手には小判が何枚か握られている。通りを行く人たちが、それを見て「なんだ？」と言い合っている。

「おい坊主、お前男の子なんだろ。その娘っこみたいななりはなんだ」

声をかけたのは清吉《せいきち》だった

「俺は座敷わらしだ！」

「座敷わらしだって？　その小判はどうしたんだ。子どもが持てるもんじゃねえぞ。そんなもん持っていると番屋にしょっぴかれるぞ」

「うるせえじじい」

「なんだとこの小僧」

吾郎も近くまで駆けてきた。

「清吉、その小僧は盗人だ。つかまえろ」

「合点承知」

「ばーかばーか」

がばっと取り押さえようとした清吉の腕は宙をつかんでいた。

「あれっ、どこ消えやがった」

「ここだよー」

座敷わらしは、突っ立っている代三郎《だいざぶろう》をたてにするように後ろにまわっていた。

「いつの間にそんなとこに！　こらっ」

「うへへ」

代三郎の目には、かろうじてびゅっと消え去る影が見えた。

「あれっ、どこだ」

清吉も吾郎もきょろきょろしている。

「代三郎の旦那、今の小僧、どこに行きました?」

「さあてね。俺も見失っちまったよ。ていうか、いったいなんの騒ぎですかい」

訊き返しながら、内心では首を捻っていた。なんでいつもは人目につくのを嫌う座敷わらしがわざわざこんなふうに目立つふるまいをしているのか。これはいったいどういうことなのか。

「あの小僧、広州屋《こうしゅうや》さんに盗みに入って小判を持ち出しやがったんだよ」

吾郎が「ちっ」と舌打ちした。

「座敷わらしだとかふざけたこと言いやがって。いったい何両くすねたんだか、子どもだからって打ち首もんだぜ」

広州屋は主に海産物を扱う船問屋だ。長屋から歩いてすぐの距離にある。近所に住む座敷わらしならだいたい知っているが、さっきの座敷わらしは初めて見る顔だった。しかも小判を盗んだという。

「まさかな」

今のは〈もどき〉ではなかろうか。

「まさかって。今のガキを知っているのか」

吾郎が訊いた。

「いや、子どもが小判を盗むだなんてなあ、と」

「悪ガキはどこにだっているよ。まあ、あんな目立つ格好をしたガキならすぐに見つかるだろうよ。お前さんも長屋の連中に言っといてくれ」

「ああ、親分も朝っぱらからご苦労だね」

「ガキ相手に捕物《とりもの》たあな。まあ、殺しなんぞよりはずっといいがな」

言うと、吾郎は「どうせまだその辺りにいるはずだ。ちょいと見て来る」と去って行った。

「にしても、どこに消えちまったんでしょうね。吾郎親分は近くに隠れていると思っているみたいだけど、わたしの目にはぱっと消えちまったようにしか見えなかったんですけどね」

この場合は清吉の言っていることの方が正しかった。

「あのなりといい、本当に座敷わらしだったのかもなあ」

「そうかもね」

「旦那は不思議に思わないんですかい」

「俺だってびっくりしたさ」

「おかしいな。座敷わらしってのはあれでしょ。その家の守り神みてえなもんなんじゃないんですかい。それがどうして小判なんぞ盗むかねえ」

「さあねえ」

いったい今のはなんだったんだろう。あらためて整理して考えてみる必要がありそうだった。

家に戻ると於巻が起きて髪に釧《かんざし》を差しているところだった。

「見たことがない釧だな。いつ買ったんだ」

「この前猫手村《ねこてむら》に行ったときに大猫様《おおねこ》から招き猫と一緒にもらったのよ。それよか大事な日だっていうのに、遅くなってごめんなさい」

あやまる於巻に今見たものを話した。

「座敷わらしが？」

「ああ、でもあれは〈もどき〉じゃないかな」

「吾郎親分をからかうようにして逃げていたって、どういうこと？」

「俺には、姿を見せた上で、わざと目立とうとしているように見えたな」

「わざと？　騒ぎでも起こそうとしているんじゃないの」

「とにかく、朝餉《あさげ》が済んだらまた安迷寺《あんめいじ》に行って来るわ。今日こそ片を付けてやる」

「わかりました。たんとお食べ」

しばらくして膳に並んだのは、ご飯に味噌汁に焼魚に煮物に香の物。焼魚は縁起を担いでか鱚《きす》だった。

「この鱚どうしたんだ」

「昨日のうちに買っておいたのよ」

「うめえなあ」

ほくほくした白身魚を味わっているところに「ニャア」と栗坊《くりぼう》の声がした。さっきまでは眠っていたのだが、漂っている魚の匂いにさすがに起きたようだ。

「栗坊、どうも大変なことになっているぞ」

あくびをしている栗坊に小声で伝える。

「朝から〈わらしもどき〉が悪さをしている」

栗坊の目がぴたりと止まった。

「姿を見せて、相手を挑発するように盗みを働いて逃げ回っている」

もしかするとのんびり朝餉など食べている場合ではないのかもしれない。

家の外からは、長屋の住人たちの声が聞こえてくる。どうやらさっきの事件について話しているようだ。大戸を挟んで茶屋の向こうの通りからもざわめきが伝わってくる。

「代三郎さんは食べていて。わたしちょっと通りを見て来るよ」

於巻が外に出た。代三郎も気になったので残りの飯をかき込んで草履《ぞうり》を履いた。家の前の中庭にある井戸を囲んで、おたまたち長屋のおかみさん連中がなにごとか言い合っている。清吉から聞いたのだろう、話題はやはり広州屋に入った子どもの盗人についてだった。

そこに今度は、「おたま!」と、おたまの亭主の仁太《じんた》が飛び込んできた。

「あら、あんた仕事はどうしたのさ。忘れ物かい」

仁太は仕事先から来たらしく、手には大工道具のかんながあった。

「さ、三太《さんた》がいた」

「えっ?」

「三太だ。おかしな髪だったが、ありゃ三太に間違いねえ」

「なにを言っているのさ、あんた」

おたまは「あはは」と笑い飛ばした。

「朝からなにをおかしなことを言っているんだい。昨夜の酒がまだ残っているんじゃないかい」

「違うんだ。見たんだ」

仁太の声は女房の笑いを止めるほど大きかった。

ここ十日ほど、仁太は味噌問屋の森川屋《もりかわや》に母家の増築工事に出かけていた。仁太はその庭で亡くしたはずの息子に出くわしたという。

ついさっきのことだ。庭の隅で材木を削っていたところに「泥棒だ」という店の者の声がした。すると母家から箱を抱えた子どもが庭の離れた場所に飛び出してきた。箱は金目の物でも入っているのか、蒔絵《まきえ》が施された立派なものだった。

「泥棒？」

身内の子がいたずらでもしているのだろう。この程度に思って子どもを眺めていた仁太は、その顔を見ているうちに、それが死んだ息子の三太によく似ていることに気が付いた。

そこへ「待てえっ！」とすごい剣幕で店の番頭や手代が現われた。

「仁太さん、そのわっぱをつかまえてください」

どうやら子どもは本当に盗人のようだった。

仁太という名を聞いて、子どもの表情が変わった。距離はあったが、まじまじと仁太の顔を見たその口が静かに動いたのを仁太は見逃さなかった。

「あいつ……とうちゃん、と言いやがった」

仁太にも、相手が息子であることがわかった。

「三太！」

叫ぶと、子どもはあきらかに狼狽した。そこへ庭に下りた手代たちが飛びついた。が、子どもはすっと姿を消したかと思うと、次の瞬間にはもう塀の上に立っていた。一瞬だけ振り向いた子どもは、仁太の方を見て「ごめん!」と叫んだ。そしてそのまま塀の向こうへと飛び降りてどこかへと姿をくらました。仁太は目を白黒させている森川屋の番頭に「あれは自分の息子です」と頭を下げた。だが、それが十数年前に死んだ息子と聞くと、番頭は「見間違いでしょう」と話をそこで終わらせた。仁太の方はそれでは終われない。断りを入れ、手にあったかんなを持ったままこうして女房のいる長屋へと戻って来たのだった。

「ば……ば……ば……」

話を聞いたおたまは、金魚のように口をぱくぱくさせていた。

「ばか言ってんじゃないよ!」

つばが亭主の顔に飛んだ。

「三太が生きているわけないだろう」

もっともだった。

「よしんば生きていたとしてもだよ。あの子が死んだのは十六年も前だよ。生きていりゃあ、ほれっ、そこでぬぼーっとして立っているでくのぼうと同じくらいの歳になっているだろうよ」

「あの、おたまさん、ぬぼーっとして立っているでくのぼうって俺のこと?」

「それが子どものままで現われただって、そんなことあるわけないだろう！」

おたまはかりにも大家をばかにしたことなどまったく意に介さずにつづけた。

「だから、幽霊かもしれねえって」

「冗談じゃないよ。高いお布施を払って安迷寺で供養してもらったのを忘れたかい」

「忘れやしねえよ。それよかお前、安迷寺の名は……」

「ああそうだったね。みんな、今あたしが言ったことは忘れておくんなさい。ついでにうちのばか亭主が口走ったことも聞き流してくださいな」

「おたま、本当なんだ。お前だってあの場にいたらわかるはずだ」

「だから、ばか言うでないよ。だったらなんであんたんところに出てあたしのところに出ないのさ。あの子はそんな不義理な子じゃないよ。病で死ぬときだって、かあちゃん、かあちゃんって、あたしの手をとって逝ったじゃないかい」

思い出したのか、おたまの目は潤んでいた。

「おたまさん、これこそご供養の甲斐があったってもんじゃないの」

一緒にいたおかみさんの一人が言った。

「そうよ。きっと仏様が死んだ息子さんに引き合わせてくれたんじゃないの」

別の一人も言葉を重ねた。

「そ、それにしたって、どうして三太が盗みを働いているのさ。よくわかんないね。あたしゃ三太をそんな子に育てた覚えはないよ」

「あいつは、俺にごめんって言った。なんかわけがあったに違いねえ。あの人形みたいなおかしな格好もそうに違いねえ」

「仁太さん、人形みたいな格好と言っていたな。それって座敷わらしのことかな」

代三郎が確かめた。

「ああ、そうだ。あのなりは座敷わらしだ」

「だとしたら、広州屋さんのところに盗みに入ったガキんちょと同じかい」

言ったそばから、おたまははっとなった。

「まさか三太のやつ、広州屋さんまで……」

「いや、それはないだろう。仁太さんの話を聞いていると、どうも同じころみたいだしな。それに清吉さんが見ているんだ。孫の顔を見間違えたりはしないだろう」

言いながら、〈三太のやつ、よかったな〉と思っている自分がいた。

どこかで見た顔だなと感じたのは間違いではなかった。なんのことはない。こうして見ると三太は父親の仁太に似ていた。あのまま闇に吸引されて黄泉を彷徨《さまよ》うことにでもなっていないかと案じていたのだが、どうやらそうではなかったらしい。とりあえず「霊」として無事にいたというだけでほっとした。しかし、話からすると、どうやらまた三太は魔物によって〈わらしもどき〉にされたようでもある。

「それにしたって、盗みを働くとはどういうことなんだろう」

「さあ、それは俺にもよくわからない。誰か裏で糸を引いている者でもいそうだな」

「誰か？」

「そうそう。仏様かなんかが、この世に戻してやるから盗みを働けとかね」

自分でも適当に言っているようで、実は全部本当のことだ。

「なにをわけのわかんないこと言っているのさ、この人はもう」

おたまは相手がぐうたら大家だということを思い出したらしく、苦笑いしてみせた。

「代三郎さーん」

通りに出ていた於巻が戻って来た。

「どうなっちゃってんの。あっちこっち大騒ぎだよ」

「なにがどうした？」

「どうしたもこうしたも……」

町は「座敷わらし」の話題で持ちきりだという。方々に「座敷わらし」が現われては金品を盗んで逃げ回っている。それも人々を嘲笑するかのような態度をとって、と。

「座敷わらしって家につくって妖怪だろう。ふざけているね」

息子のことはさておいて、おたまが怒りだした。

「そんなの神田明神《かんだみようじん》に頼んで祓《はら》っちゃえばいいのさ」

おかみさんたちも同調する。於巻は心配そうな顔をしている。

「町の人たちもみんなそう言っているよ。座敷わらしを取っつかまえて火あぶりにしろだとか」

「火あぶりとはおだやかじゃないなあ」

まずかった。盗みを働いているのは本物の座敷わらしではなく、安迷寺から来た〈わらしもどき〉たちのはずだ。このままではありがたい存在のはずの座敷わらしが悪者にされてしまう。

「栗坊、来い！」

家の中でじっとこちらを窺《うかが》っていた栗坊を呼んだ。すぐに出て来た栗坊を抱きあげる。

「俺もちょっと外に出てきます。於巻、一緒に来い」

みんなにそう言って、裏木戸をくぐる。

「どこ行くの？」

「マルメのとこだ。家の前まで行ったら栗坊を放して呼び出そう」

「この騒ぎ、〈わらしもどき〉たちの仕業だよね」

「お前もそう思うか。にしたって、なんでこんなに目立ったやりかたをするんだろうな」

「そうね。今まではどっちかというとこっそりだったのに」

「昨日ああいうことがあったからな。魔物もやりかたを変えたのかもしれない」

「あっちにもこっちにも、総がかりって感じね」

「ああ……」

通りに出ると、「御用」の提灯《ちょうちん》を掲げた同心たちが番所の前に陣取っていた。騒ぎに奉行所が乗り出して来たようだ。

「座敷わらしを見かけた者は、すぐに番屋に報告せい」

役人が木戸を通る者たちにそう告げている。

「いけないなあ。すっかり座敷わらしのせいにされているぞ」

「そうね。どうなっちゃうのかしら」

「どうもこうもねえ」

声に、代三郎と於巻は振り向いた。すぐ真後ろにマルメとミイヤとサイサイがいた。

「〈わらしもどき〉どもが。ふざけくさって」

「マルメ！」

座敷わらしの顔は怒りに燃えていた。

「コタンだかなんだか知らねえが、おらたちがぶっつぶしちゃる」

「この騒ぎ、魔物の仕業なんだな」

「ああ、昨日の騒ぎで、おらたち本物の座敷わらしが感づいたことに気が付いたんだべ。それでわざわざこんな嫌がらせをしてきやがったんだ」

「んだ」

ミイヤも眉を吊りあげていた。

「コタンのやつ、どうせ座敷わらしごときがって小馬鹿にしているに違いねえ」

「このままじゃおらたち座敷わらしが盗賊になっちまう。濡れ衣着せられて黙っているわけにゃいがね」

サイサイは言いながら、膝を折り「ふん！　ふん！」と突き押し相撲の真似をしている。

こんなに怒っている座敷わらしたちを見るのは初めてのことだった。

「お前たち、昨日みたいに俺と栗坊をあの寺に連れて行ってくれるか」

「まかせろ。行くぞ」

三人が代三郎の着物に手をかけた。

「あっ、ちょっと待った。三味線を忘れている」

これがなければ話にならない。武者に槍がないようなものだ。

「わたし取って来ようか」

「俺が行く」

裏木戸に戻る。井戸のまわりにはもう誰もいなかった。くぐって家の戸口をまたぐ。土間に入った瞬間、違和感を覚えた。栗坊が腕から抜けて居間に飛び降りた。すぐに人の姿になった。

「代三郎、三味線はどこ?」

昨夜はこの居間に置いて寝たはずだった。

「まさか」

咄嗟《とっさ》に柱の札を見る。

「俺たちのいない間に……」

「ぼく、奥を見て来る」

今日は茶屋はまだ開けていない。栗坊は暗い店の中へと入って行った。

「代三郎さん、大変だよ」

おたまが戸から顔を出した。

「また出た。あれ、あんたの三味線じゃないかい。座敷わらしが何人かで持って行っちゃったよ」

「いつだ?」

「今だよ、今、けたけた笑いながら向こうの通りに運んで行っちまった。うちの亭主が追いかけた」

「そうかい」

奥にいる栗坊に於巻たちに知らせるように頼んだ。無駄足だとわかっていたが、自分は路地を抜けて裏通りに出た。先の方から仁太が戻って来るところだった。

「代三郎さん、申しわけねえ。してやられた」

仁太はおもいっきり走ったらしく見るからに消耗していた。

「まさか代三郎さんの家の中にいたとはな。茶屋の方から入ったのかな」

「茶屋はまだ開けていなかった」

札から出て来たに間違いなかった。油断していたこちらに責任がある。

「どこに消えた?」

「神田川《かんだがわ》の方に逃げた」

「ありがとう、仁太さん」

おそらくは安迷寺に行ったのだろう。追いかけて取り返す他なかった。

「いったいぜん、なにが起きているってんだ。かんな屑みてえな俺の頭じゃさっぱりわからねえよ」

「まったくだね」

「今日は仏滅だったかね」

「さあ、俺はそういうの疎《うと》いんでね」

仏滅だろうが大安だろうが、魔物にとっては最悪の日にするしかない。

〈退治するのみだな〉

しかし三味線がない。それを思うと取り乱してしまいそうだったけれど、ここは慌てても始まらない。なんとか自分を落ち着かせて善処する他ない。そのためには一刻も早く安迷寺に行かなくては。

家に帰ると、薄暗い茶屋の土間からみんなの声がした。

「代三郎さん、どうだった」

灯明《とうみよう》を持った於巻が竈《かまど》に立っていた。

「ものの見事にやられちまったよ」

肩をすくめてみせる代三郎にマルメが「栗坊から話は聞いた」と頷いた。

「焦るでねえ。おめの三味線を盗んだってことは、やつらはおめたちのことを恐ろしがっているってことだ。三味線さえ取り返せばコタンなんぞいちころだべ」

「神だのなんだのと、まったく何者なんだろうな」

魔物であるのは間違いない。手下を使嗾《しそう》するあたり、なにか素姓に謂《い》われがありそうだった。

「仏様に化けるくれえだからな、ただの魔物ではねえべ。おそらくは祟り神かなんか、そんなところじゃねえか」

「祟り神か……」

「北だのなんだのと方角にこだわるところなんぞは方位神かもしれねえな」

「方位神って神様だろう。神様が悪事を働くのか?」

「方位神には吉神と凶神がおる。凶神だったら祟り神やら魔物に変化してもおかしくはねえ」

さすがに何百年も生きているだけあってマルメたちは物を知っていた。

「んだ。人をうまくだまくらかして、自分のいる方角を拝ませて銭を巻きあげたり病にかからせたりする。祟り神にはそういう悪さをするのがいるっていうのを聞いたことがある」

ミイヤが裏付ける。

「それがなんで地蔵菩薩のふりをするんだ?」

「水子や幼子の霊を手下に使うのには仏様に化けた方が都合いいと考えたんだべ」

「汚い野郎だな」

腹が立ってきた。なにが気に食わないって、純粋無垢な子どもたちを手先に使っていることが許せない。

「まったくよ。神様ってのはあれだな。いいやつも悪いやつも同じ穴の狢《むじな》だな。自分じゃやらずにすぐ人にやらせるんだよな」

そうぼやく代三郎の目は神棚に注がれていた。

「代三郎さん、大猫様と魔物を一緒にすることないでしょ」

「似たようなもんだ。違うのは善か悪かってことくらいだ。な、栗坊」

「さあね。ぼくはなにも言わないよ」

童子はあさっての方を向いて笑っている。

「それよか、ここで話し合ってても始まらないでしょ。安迷寺に行こうよ」

「そうだな」

問題は、盗まれた三味線がどこにあるかだった。

「たぶん本堂だべ。千両箱なんかと一緒にあるんじゃやねえか」

ミイヤやサイサイによると、目くらましの結界がいちばん強いのは地蔵菩薩像のまわりらしい。だとしたら三味線もそこにあると思われた。

「そろそろ〈わらしもどき〉もみんな寺に戻っているころだべ。おらたちも行くべ」

マルメが腕をまくった。

今はまだ昼だ。夜に比べれば本堂にも近づきやすいだろう。

「んじゃあ、行くとするか」

代三郎は、神棚に向かって柏手を打った。栗坊と於巻も打つ。

「どれ、わたしは店を開けるかな」

於巻が茶屋の大戸を開ける。通りはあいかわらずざわついているが、嵐はすでに過ぎ去ったというふうだった。

「於巻ちゃん、やっと開けてくれたかい」

覗き込んできたのは佐ノ助《さのすけ》だった。

「ごめんなさい、まだ茶は入れていないのよ」

「待つからいいさ。今日はもうどこもかしこもてんやわんやで商売になりゃしねえよ」

掛け請いは出された縁台に「よっこらしょ」と腰掛けた。

「どこに行っても俺より先に座敷わらしが来て銭を持って行きやがったって、そればかりだよ」

「長屋にも盗人が入ったわよ」

「本当かよ。番屋にゃ届けたかい」

「届けたところであとまわしね」

「まあ、しょうがねえな。いったいなにが起きてんだろうな。さっぱりわかりゃしねえ。江戸中に鼠小僧が現われたってな感じだな。そこらじゅうお役人がかけずりまわっているけど、誰一人盗人をつかまえることができずにいるよ。お、代三郎さん、お出かけかい」

　横を通り過ぎる代三郎に佐ノ助が声をかけた。

「ぼーっと歩いていると懐の物が危ないぜ。気をつけてな」

「栗坊がいるから平気だよ」

　肩には猫になった栗坊がいる。横にはわらしたちもいるのだが、佐ノ助の目には映っていて映っていない。

「それじゃあ於巻、たのんだぜ」

「はいよ」

　返事をした於巻は、マルメに「さっき言ったこと、忘れないでね」と声をかけた。マルメは「おお」と気のない声で応じた。

「なんの話だ」

「なんでもないわよ。そっちこそがんばってね」

「ああ」

店から外に出る。頭上に秋の高い空が広がった。太陽の位置からすると朝四ツといったところか。マルメの小さな手が触れてきた。次の瞬間には、もう代三郎は安迷寺の山門にいた。

第十章　金神《こんじん》

「うっわ、なにこのすごい妖気は」

山門の前で猫から人の姿になった栗坊《くりぼう》が鼻をつまんだ。

「そんなにすごいか」

代三郎《だいざぶろう》もただならぬ気配を感じてはいたが、三味線がないこともあって栗坊ほど鋭敏にはそれを捉えることはできなかった。とにかく、同じ昼だというのに昨日とは様子が全然違うようだ。

「寺は開いてはいるみたいだな」

山門は開け放たれている。真っ直ぐつづく参道に人影はない。開いてはいるが、どこか人の出入りを拒むような空気が漂っている。

マルメがしゃがみ込んで参道にくんくんと鼻を寄せた。

「ああ、くせえくせえ。ひょっとして、やつは遷移《せんい》する気なのかもしれねえ」

「遷移?」

「ねぐらを変えるってことだ。方位神の祟り神はときどき動くんだ。どこか町なり村なりに狙いをつけるべ。そうしたらそこから見て鬼門の方角に自分の身を置くんだ。遷移にゃ力が要るからな。妖気をぷんぷんさせているのはそのせいだべ」

「じゃあ、ぼやぼやしているとここからいなくなっちまうってことか」

「んだ。ここの祟り神は昨夜おらたちや代三郎に居場所を知られてしまっただろう。面倒なことになる前にとんずらしようと決め込んだんじゃねえか。きっとその前にやるだけやっちまおうと〈わらしもどき〉たちに暴れさせたのかもしれねえ」

「コタンの野郎がいなくなったら、残された〈わらしもどき〉たちはどうなるんだよ」

「さあなあ。悪さしたからな、地獄にしょっぴかれて閻魔《えんま》様の前に引っ張り出されっかもなあ」

「そりゃ気の毒だな。なんとかならないかね」

「わかんねえぞ。普段はお優しい方だからな。お情けかけてくれっかもしんねえ」

「マルメ、お前、閻魔様を知っているみたいだな」

「だてに七百年もわらしやってねえよ」

いまひとつ緊張感のない会話をかわしながら山門を抜けて参道に入った。

「人の気配がないな」

「人の気配はないけど、妖しい気配はいっぱいだよ」

　栗坊は眼光鋭くあたりを見回している。

「だろうな。どうなっている」

「わらわら集まって来ているね」

「ああ、〈わらしもどき〉どもの匂いでぷんぷんだ」

　マルメは後ろにいたサイサイを呼んだ。

「どうも多勢に無勢な気がする。おめは外に出ろ」

「わがった」

「外に出て狼煙《のろし》さあげろ。手はずどおりにな」

「うん」

　サイサイは頷くと山門に走った。それを目で追った代三郎が前に向き直ったときには、本堂前の境内は足の踏み場もないような状態になっていた。

　三百、いや五百か、あるいは千を超える数の〈わらしもどき〉たちが参道を塞いでいた。

「なんかこの寺に用か」

　先頭にいる〈わらしもどき〉が詰問してきた。

「ここはコタン様の護る聖域だ。邪悪なやつは入れねえぞ」

そう脅してくる〈わらしもどき〉の目は赤く光っていた。

「代三郎、この子たち操られているよ」

栗坊が呟いた。

「あいつの仕業だ」

本堂の階段を上ったところに、昨夜会った修験者がいた。巻き紙を手に持ち、経かなにかを唱えている。

「祟り神の真言だべ」

マルメが、ずいっと前に出た。

「おうこら、もどきども。おらたちはおめえらを助けに来てやったんだ。邪魔せんと道さ空けろ」

「誰が空けるか、この妖怪」

そう言い返してきたのは、三太《さんた》だった。

「三太じゃないか」

代三郎が声をかけた。

「俺だ、覚えているだろう」

三太は返事をしなかった。かわりに赤い瞳で睨んでくるだけだ。

「うーん、もとを絶たなきゃ駄目そうだな、これは」

〈わらしもどき〉たちをどかせるには、おそらくあの真言を止めねばならない。

「栗坊、猫に戻れるか？」

猫ならば、あるいは〈わらしもどき〉たちの間を縫って走れるかもしれない。

「無理みたい。今念じたけど駄目だった。夜と同じだよ」

「妖気が邪魔をしているか」

「とにかく三味線だね」

などと言い合っているうちに、〈わらしもどき〉たちに三方を取り囲まれてしまった。

「コタン様の子らよ」

修験者が叫んだ。

「そこにいる者たちは神域を冒す不届き者だ。取り押さえたうえその身を引き裂け。腹を割り、臓腑をコタン様に捧げよ」

「じょじょじょ、冗談じゃないぜ」

腹など引き裂かれてたまるものか。しかし、〈わらしもどき〉たちはじわじわと迫って来る。

「来るな。お前たちとは戦いたくない！」

栗坊が叫ぶが、もちろん通用しない。

「代三郎、慌てんな」

マルメとミイヤは落ち着いている。

「これが慌てずにいられるかよ」

考えなしに山門をくぐったのが悪かったか。いくらなんでも行き当たりばったり過ぎた。

「ひっとらえよ！」

修験者が号令した。

「わあああ――――――っ！」

〈わらしもどき〉たちが拳を振りあげて走り出した。

「ひえええええ――――――っ！」

いっとう先にくるりと向きを変えて逃げ出したのは、むろん代三郎である。

「待ってよおおお――――――っ！」

栗坊もついて来る。マルメとミイヤも駆け出した。「逃がすでない！」と修験者の声が響く。参道を山門に向かって走る。背後からはどどどっと〈わらしもどき〉たちが追いかけて来る。

「わあああ――――っ、来るな来るな来るなあ――――――――――っ！」

こうなると魔物退治の面目もなにもあったものではなかった。つかまったが最後、自分が退治されてしまう。

「やだやだやだ！　臓腑をとられるなんてやだあああ――――――っ！」

駆けた。こんなに必死で走るのは生まれて初めてではなかろうか。

「ぼくもやだあ――――っ！」

栗坊も駆けた。二人ともとにかく駆けた。「ああ情けねえ」とぼやくマルメの声を聞きながら駆けた。駆けた。駆けた。

が、山門まであと半分といったところまで来たときだった。

「うぎゃっ！」

勢いでつんのめりそうになりながら、それでも代三郎はどうにか転ばずに止まった。

「う、う、う、嘘だろう」

目をいくらパチパチさせても幻ではなかった。

逃げようとした山門から、座敷わらしのなりをした子どもたちがなだれ込んでくる。

「ひええっ！」

絶体絶命。代三郎にできることは身をよじっておののくことだけだった。

〈俺もここでおしまいか〉

思えば短い人生だった。

〈ちくしょう、魔物退治になんかならなきゃよかった〉

恐怖に歪んだ顔で後悔した。

〈くっそー、大猫様《おおねこ》めえええ――〉

いつかこんな日が来るのではないかと思っていた。それもこれもあの郷神《さとがみ》に目をつけられたからだ。

眼前に大群が迫る。

〈さようなら、この世……〉

目を閉じて、唱えた。

殺るなら一瞬にして殺ってほしい。痛いのは嫌だ。痛くないなら臓腑でもなんでもくれてやる。俺には魔物退治としてのこれまでの実績がある。くたばったらくたばったで神様や仏様も優遇してくれることだろう。少なくとも成仏はできるはずだ。

今際《いまわ》の際の願いを頭に思い浮かべ、両手を広げた。

〈さあ、殺っておくれ〉

しかし、なにも起こらない。どどどどっという足音はするが、己の身にはなにも起こらない。

「あれっ?・」

おそるおそる目を開けてみた。前方の参道には誰もいない。山門の向こうに、サイサイと思わしきわらしと、通りがかりだろうか、女のものらしい人影がひとつ見えただけだった。

「代三郎」

栗坊が呼んだ。振り返る。そこには座敷わらしたちの背中があった。

「みんな本物の座敷わらしだよ。味方だ」

見渡すと、数百もの「座敷わらし」たちが参道を埋め尽くしていた。

「サイサイが江戸中の座敷わらしたちを呼んだみたいだ」

「狼煙をあげろっていうのはそういうことか」

座敷わらしたちの登場に、〈わらしもどき〉たちも動きを止めていた。双方が五間ほどの距離を置いて睨み合っている。

「くおらっ、ニセモノども」

マルメが口火を切った。

「悪さすんのもほどほどにせえ！」

「なにが悪さだ！」

言い返したのは三太だった。

「俺たちは悪い銭をきれいにしているだけだ。妖怪なんぞに言われたかねえな」

そうだ、そうだ、と〈わらしもどき〉たちがつづく。

「その妖怪に化けてんのはどこのどいつだ。座敷わらしの評判さ落とすとはいい度胸でねえか」

んだ、んだ、と座敷わらしたちが首を上下に振る。

「お前らこそ江戸になにしに来やがった。田舎者が、とっとと帰りやがれ」

べー、と三太が舌を出した。

「おめたちこそ、幽霊は幽霊らしくお陀仏してろ！」

んべえー、とマルメがやりかえす。

「ぬかしやがったな、妖怪の分際で人間様に」

「なあにが人間様だ、体もねえくせに。幽霊にお陀仏しろって言ってなにが悪い」

「うるせえ。俺たちは生まれ変わるんだ。お陀仏なんかしていられっか。引っ込んでろ！」

こうなると、わーわーぎゃーぎゃーの罵り合いにしかならなかった。

「泥棒がなにぬかす。閻魔様の前さしょっぴくど！」

わらしが吠える。

「てやんでえ、俺たちにゃ地蔵《じぞう》菩薩《ぼさつ》様がついてらあな」

〈わらしもどき〉たちが啖呵《たんか》を切る。

「ガキだからってなめんなよ。こちとら江戸っ子でえ！ 喧嘩だったら受けて立つぜ！」

「おうよ。俺なんかその喧嘩で頭打ってくたばっちまったんだ。もうこわいものなんかなにもねえぞ！」

「あんたらまとめて簀巻《すま》きにして大川《おおかわ》にぶち込んでやろうかい！ 泣いたって助けやしねえよ」

子どもたちはお里が知れるような口調で唾を飛ばしている。

「なあになめた口さ叩いている。このずぐだれども！」

「きちゃがましいガキどもだあ。泣きべっちょかかせたる」

「けっちゃらぐるぞ、うりゃ！」

座敷わらしたちも口が減らない。みんながみんな騒ぐものだから、後ろの方で修験者がなにか叫んでいても届かなかった。

「つべこべ言っててもはじまんねえ！ かかってこい」

〈わらしもどき〉たちが四股を踏んだ。座敷わらしたちも「うんせえっ！」と踏み返す。わらべとはいえ合わせて千数百人だ。四股を踏むたび地面がぶるぶると揺れる。

「うわああ――――っ！」

声とともにわらしたちは入り乱れての取っ組みあいに入った。投げ飛ばされて宙を舞うのもいれば、押し返されて将棋倒しになる者たちもいる。

「代三郎、栗坊、今だ、行くべ」

マルメの合図で走り出す。ミイヤが先頭となり、参道の端を本堂へと駆けた。

「どすこーい!」

邪魔立てしてくる〈わらしもどき〉をミイヤがはじき飛ばす。その隙に塔頭《たっちゅう》の塀に沿って本堂に迫った。大半の〈わらしもどき〉たちは本物たちとの戦いに夢中で自分たちには気付かない。

〈わらしもどき〉たちの群れを抜けた。がらんとした広場の先に富士を思わせる大きな屋根の本堂がある。その正面に修験者がいた。

「き、貴様ら!」

修験者が巻き紙を投げつけてきた。それをかわしたマルメが「ふん!」と地を蹴って飛んだ。鞠《まり》のようにくるくると宙を回転したわらしの足が男の顔面にめり込んだ。

「ぐわっ!」

男がのけぞった。そのまま倒れて「ゴン!」と頭を打った。

「この隙だ、代三郎、栗坊、行け!」

昏倒しかけた男を横目に階段を上がる。賽銭箱《さいせんばこ》を飛び越えて堂内に入った。

「あっ」

畳の上に住職たちが倒れている。意識を失っているようだ。妖気にやられたらしい。

堂内の中央には、十数尺はあろうかという金色の地蔵菩薩像が据えてある。

「三味線はどこだ?」

栗坊が像の後ろにまわり込んだ。代三郎もつづいた。屋根を支える太い柱に挟まれた広い空間に、千両箱や櫃《ひつ》などが山と重なっている。だが、代三郎の三味線は見当たらない。

「魔物のくせに、こんなに金をほしがってどうするんだ」

訝《いぶか》って首を捻っているところに〈知れたことよ〉とどこからか声が響いた。

〈我は金神なり。名の通り金を喰らい己が力に変えるのよ〉

魔物の声のようだ。背を向けている地蔵菩薩像から響いている。

「金神だと?」

「やっぱりだ。マルメたちの言っていた方位神だよ。大猫様から聞いたことがある」

栗坊は知っているようだった。

「神といっても凶神だ。倒すのになんの遠慮もいらないよ」

すっと太刀を抜く栗坊に迷いはない。しかし代三郎には三味線がない。

〈お前たちか〉

声が大きくなった。そう感じたのは、鎮座しているはずの地蔵菩薩がこちらを向いていたからだった。お地蔵さんといえば、子どもを護る優しい菩薩様だ。だが、目の前にいるのは目を吊りあげた鬼のような菩薩像だった。

〈我が使い魔を闇に沈めたのは、お前たちだな〉

美元《びげん》のことを言っているらしい。

「代三郎、ぼくが引きつける。その間に三味線をさがすんだ」

小声で囁く栗坊に頷く。三味線はどこにあるのか、すべてはそこにかかっている。

ズシン、と床が揺れた。

〈気に食わん。踏みつぶしてくれる〉

地蔵菩薩が畳の上に下りて来た。仏像は代三郎と栗坊を睨みつけると、右手に持った錫《しゃく》杖《じょう》を一回転させて畳に突き刺した。またズシンと床が鳴った。

「なにが気に食わんだ。菩薩様に化けてなどいないで姿を見せたらどうだ」

栗坊が言い返す。

〈姿など、知ったことか〉

ぶん、と空気を裂く音がした。錫杖が宙を切る。ぎりぎりのところで後ろに飛んだ栗坊が姿勢を直す。

「なぜ江戸《えど》の町で騒ぎを起こす」

言いながら、栗坊は目配せしてくる。

「たとえ凶神とて、かりにも方位神であるならば、ただ唯一、方位を冒す者だけに災いを及ぼすものではないか。それがなぜ使い魔を用いて金品など漁る。分を知るべきではないのか」

いつもの栗坊ならば魔物相手にこんな繰り言は口にしない。そうしているのはひとえに時間を稼ぐためだった。

代三郎は四方を見回した。

三味線はどこにある。この本堂の中か、それとも別の場所か。

〈取られたものを取り返すまでのことよ〉

栗坊に対する回答か、錫杖が振り下ろされる。金属音が鳴る。栗坊の太刀が錫杖をはじく。

「くそっ、どこだよ」

堂内を駆け回って三味線をさがす。供え物の山にも、千両箱の間にも、それらしきものはない。

本堂のすぐ外ではマルメとミイヤが立ち上がった男を引き止めている。その向こうではわらしたちがもみ合って土埃《つちぼこり》が立っている。

なにか知っているかもしれないと、試しに近くで気を失っている僧侶の体を揺り動かしてみた。が、意識が戻らない。

「ちくしょう!」

にっちもさっちもいきそうにない。本堂の外だとしたらどこだろうか。この広い境内の内では当てずっぽうにさがしても見つかるとはとても思えない。

後ろではガンガンゴンゴンと錫杖を打つ音が聞こえる。栗坊は防戦一方だ。太刀を弓に持ちかえて射かけているが地蔵菩薩像のかたい表面にはじき返されている。やはり三味線がないと太刀も矢もいつもの半分の力も出ない。それでも住職たちのように自分や栗坊が昏倒せずにいられるのは、どこかそう遠くない場所に三味線があるからだ。

化け猫の皮を張った三味線にはそれ自体に霊力が宿っている。この世でただ一人、その力を最大限に引き出せるのが代三郎だ。魔物が出現したのだから肌身離さずにいるべきなのに、つい家の中だからと油断してしまった。こんな事態を引き起こした責任は自分にある。

「喰らえっ!」

栗坊の声。放った矢がまたはじかれたのが見えた。視界の隅で、はじき飛んだ矢が宙に架かる梁《はり》と梁の間を抜けて天井に当たる。見えたのは、それだけではなかった。

「あっ、あんなとこに!」

三味線が梁から縄で吊るされていた。高さは二十尺はあるだろう。手をのばして届く距離ではない。

「栗坊、三味線があった！」

「どこ」

「あそこだ」

梁を指さす。栗坊なら猫になって簡単に登れるはずだ。と、そこまで考えてすぐに気付いた。

「くそっ、この境内じゃ三味線がなきゃ猫にはなれないんだった」

地蔵菩薩像が、察したようにニヤリと笑った。

〈取れるものなら取ってみるがいい〉

ばかにした声が頭に響いた。

「魔物、相手はぼくだ！」

栗坊が気をそらす。その間に代三郎は近くの柱に飛びついた。腕をおもいきり広げればどうにかしがみつくことはできる。蛙のような格好で、ぴょんぴょんと動いて柱をよじ登る。木登りなど子どものとき以来だ。

〈がははは！〉

魔物が笑った。ズシン、という音とともに大きな揺れが襲ってくる。

「わわわっ！」

せっかく半分ほど登ったのにすべり落ちてしまった。

〈無駄だ！〉

魔物はわざと床を鳴らして代三郎へと迫ってきた。

「待てっ！」

背後に栗坊が飛ぶ。太刀を振りかざし一閃。が、これは罠だった。魔物は待っていましたとばかりに振り返り、錫杖で栗坊を打った。浄衣《じょうえ》が宙を舞い、壁に激突した。よほど重たい一撃と見えて、栗坊は跳ね返ることもなく壁についたままドサッと床に落下した。

「栗坊！」

〈こわっぱが、この金神に楯突くとは〉

魔物は今度は代三郎に狙いを絞って錫杖を振って来た。

「わあぁっ！」

柱に隠れてかわす。相手が振りかぶったところでその足もとに滑り込み、反対側へと逃げる。そこへ追い打ちの錫杖が打ち込まれる。鼻先を鉄の棒がかすめる。

「うわわっ！」

裏側に逃げて、積んであった小判を投げつけた。

〈ええい、ちょこまかと〉

もちろん、仏像は怯まずに追って来る。

ここはいったん本堂の外に逃げるしかない。でないとやられるのは時間の問題だ。とはいえ三味線がなければ元の木阿弥《もくあみ》だ。

「ああやだやだ。なんで魔物退治なんかしなきゃいけないんだよおっ！」

そんな場合ではないというのに愚痴が出た。

逃げ回っているうちに栗坊の横にまで来た。栗坊は壁にもたれたまま意識を失っている。

ズシン、ズシン、ズシン、と音を響かせて魔物がやって来た。

〈お前たちは……〉

見下ろして来るその目は怒りに赤く燃えていた。

〈お前たちは誰の指図でわしの邪魔をする〉

答えない代三郎に、金神を名乗る魔物はたたみかけた。

〈武塔神《むとうのかみ》の手の者か〉

赤い目がギラリと光った。

〈またわしの財を奪いに来たか……許さん！〉

「違う！」

答えた。

「あんたの財を奪いに来たんじゃない。俺たちは魔物退治だ。江戸の町に災いがあれば相手が神だろうがなんだろうが立ち向かうのが俺たちの役目だ。人の財を奪っているのはあんたの方だろう」

〈誰の財だろうがかまわん。取られたものはそのぶん取り返す。それが我がコタン一族の流儀ぞ〉

「めちゃくちゃな流儀だな。それで罪のない人の財を奪うか。断食療法などとまやかしを言って、人が死んだりもしているんだぞ」

〈死ぬくらいどうということなかろう〉

魔物はニヤニヤ笑っていた。

〈お前たちもわしと同じ目に遭わせてやろうか。その体を五つに裂き、晒《さら》してやろう〉

「縁起でもない！」

あんたよお、と問い返した。

「誰かにそういう目に遭わされたのか。その恨みを違う場で晴らそうっていうのか。そういうのを八つ当たりって言うんだぞ」

およそ魔物のやることに筋や脈略などありゃしない。あっても往々にして独りよがりで勝手なものだ。そんなことは百も承知の上だった。とにかく今は少しでも時を稼いで逃げ道を見つけなくては。

〈どうやらお前は武塔神の手先ではないようだな〉

だが、と魔物は笑った。

〈そんなことは関係ない。邪魔する者は踏みつぶすのみよ〉

魔物が錫杖を振りかぶる。その向こうを黒い影が横ぎるのが見えた。マルメかミイヤか、それともサイサイか。違う。目に入ったそれは、座敷わらしたちよりももっと小さいなにかのようだった。そのなにかが柱へと飛んだ。

影は素早く天井の梁を走り、三味線を吊った縄からはずした。

すうっと、葉先から離れる雫のように三味線が落ちる。

錫杖が振り下ろされる。

「逃げろ！」

咄嗟《とっさ》に代三郎は錫杖からはずれるように栗坊を蹴った。ズン、と錫杖が畳に刺さる鈍い音が聞こえた。

〈小癪《こしゃく》な〉

ひょいと攻撃をかわして脇の下を走り抜けた獲物を魔物が振り返る。その目には、落ちて来た三味線を受け止める代三郎の姿が映ったはずだった。

ベンベベンベン！

胸から出した撥《ばち》で弦を弾いた。途端、「うん？」と栗坊が目を覚ました。

ベンベベンベン！　ベンベベンベン！

弦の響きが化け猫の皮に反響する。音の波が幾重にも走り、堂内に谺《こだま》する。やがてそれは朗々たる響きとなり、堂にあるすべてのものを包み込んだ。

栗坊がゆっくりと起き上がる。だが魔物の動きは鈍い。

〈貴様……その力はどこで得た〉

神を名乗る相手でも三味線の音は有効なようだった。それでも魔物は栗坊めがけて錫杖を振る。さっきの一撃がまだきいているらしく栗坊はよたつきながらそれをよけた。

「おい魔物！　地蔵菩薩に化けるたあふてえ野郎だな」

三味線のおかげで途端に勢いづいている自分がいる。我ながら調子がいいと思いながらも代三郎はつづけた。

「本物の菩薩様が知ったらさぞかしお怒りだろうぜ」

〈菩薩など知ったことか。なにが仏だ〉

早弾きにさらに力を加えて魔物へと近づく。赤い目がギラリと睨んでくる。背後では距離をとった栗坊が弓を構えていた。

〈人間風情が！〉

魔物が空いている方の手で数珠《じゅず》を振り回した。

〈死ねっ〉

ぐるぐると回転する数珠が代三郎へと迫った。

〈なにっ？〉

当たったかと思った数珠は、代三郎の手前ではじき返された。

「お前と同じだ。結界を張っているんだよ。どんな魔物もこの結界の内側には入って来られないんだよ。そうそう、そうやって驚いているがいい。そうしているうちに背中に熱いものが飛んで来るぞ」

栗坊の放った矢が魔物の背を突いた。つづけて、二の矢、三の矢が飛んで来る。二の矢は首に刺さり、三の矢は振り返った魔物の右目を射貫いた。

〈んがあっ！〉

獣のような叫びが堂内に響き渡った。

「魔物、覚悟！」

栗坊は矢を放つ手を止めない。四本目、五本目、六本目と突き抜く矢に、魔物はのたうつように〈んがう、んがう〉とうめき声をあげた。代三郎はじりじりと間合いを詰める。目には見えぬ結界が、魔物を圧迫していく。

栗坊が太刀を抜いた。とどめを刺すなら今だった。

「この太刀を受けて黄泉へと浄化せよ!」

斬りつけようとしたその瞬間だった。地蔵菩薩像の全身が赤く光った。痛いほどの光に、代三郎は思わず目を閉じた。

「……なんだ?」

瞼を開けたときには、地蔵菩薩像はもとあった場所に鎮座していた。堂内には静けさが漂っている。目の前に、刀を下げた栗坊が立っていた。

「逃げられた」

栗坊は太刀をしまった。

「魔物のやつ、仏像から抜けて逃げたか」

「でもだいぶ力は失っているはずだ。まだその辺にいるんじゃないかな」

「追うぞ」

言いながらふと目に入ったのは、床に落ちている釧《かんざし》だった。それを拾い、自分の髪に差した。ふっと、頭の上から温かさが体全体に下りてきた。力が漲《みなぎ》った。

本堂の正面では乱戦がつづいている。魔物の魔力は依然として〈わらしもどき〉たちを支配しているようだ。

「金色の塊があっちに抜けたのを見たよ」

栗坊が本堂の裏手を指さした。裏の廊下への出入口を通って外が見える場所に立った。本堂の裏側は庭園になっていた。

「どこだと思う?」

「さあ?」

そこに、聞いたことのない声が後ろから呼びかけてきた。

〈魔物使いよ〉

後ろを向くと、地蔵菩薩像のあった場所に、別のものが立っていた。唐風《からふう》の道服に帽子、威風堂々とした姿は恐ろしくも見えるが、その目は優しげだった。

「もしかして閻魔様……?」

「え、閻魔大王?」

〈その通り〉

口髭をたくわえた顔が頷いた。

〈あやつは金神、またの名を巨旦将来《こたんしょうらい》と呼ばれていた者のなれの果てだ〉

「こたんしょうらい?」

コタン、という名の正体がこれでわかった。

〈富裕ではあったが、武塔神への不親切が災いし非業の死を遂げた者よ。時を重ねるうち憎悪だけが膨らみに膨らんでかような悪事を働くに至ったようだ。このまま捨て置くわけにはいかぬ〉

「では、捕らえて地獄に差し出しましょうか」

「そうだ、舌でも引っこ抜いてやってください な」

〈それもよいが、あれでもいちおうは神のはしくれだ。お前たちの力で浄化させるだけで十分だろう〉

閻魔大王は手に持っていた笏《しゃく》を堂の外に向けた。

〈行くがよい。やつは子《ね》の方角におる。それがやつが鬼門と決めた方位ぞ〉

「ありがとうございます!」

栗坊が頭を下げる。ならった代三郎にはひとつ疑問があった。

「でも、なんで閻魔大王が来てくれるんだよ」

ははは、と笑い声が響いた。

〈お主は「魔物使い」だろう。わしが誰の変化《へんげ》かくらいは知っておけ〉

「え、誰なの」

〈童子よ、これをやつに射かけるといい〉

閻魔大王の笏が矢に姿を変え、栗坊のところに飛んで来た。それを受け取った栗坊が「確かに成敗してまいります」と答えた。

「なあなあ、閻魔様って誰なんだよ」

出て行こうとする栗坊の袖を引っ張って聞いた。

「あの人だよ」

くい、と親指で示された先には閻魔大王はすでに居らず、なにごともなかったかのように地蔵菩薩像が安置されていた。

「仏像しかないぞ」

「その仏像だよ。閻魔様っていうのは地蔵菩薩様の化身なんだよ」

「なんだって。ってことは……」

「そう。さすがの地蔵菩薩様も怒ったんだよ。自分に化けて子どもたちの霊を騙《だま》して、盗人にまでさせて、これで許せるわけないじゃない」

「まあ、そういやそうだな」

「さあ、喋っていないでやっちゃおう」

二人は庭園を突っきり、境内の北へと走った。梅林を抜け、墓地を横ぎり、辿り着いた先に待っていたのは金色堂のある塔頭だった。幸か不幸か、塀の外からでもそこに魔物がいるのがわかった。魔物は、それが本来の姿なのか、それとも最後のあがきなのか、巨大な龍に変化していた。のたうちまわっているその背や首が塀を越えた向こうに見える。

門をくぐって中に入る。庭先にごうごうと鼻息を荒くしている龍の顔があった。龍は代三郎と栗坊を見つけるや閉じていた目を開き咆哮《ほうこう》した。その口から二人めがけて飛んで来たのは火の玉だった。代三郎はすかさず撥を取った。手首をひねり弦を鳴らす。栗坊が弓を引く。閻魔大王から授かった矢が勢いよく放たれた。

炸裂音とともに、花火が開いたかのような火の粉が二人を包んだ。が、代三郎と栗坊の身にはひとつの火も当たらなかった。

〈ぐわっ!〉

逆に火の玉を押し返されて叫んだのは龍の方だった。

〈ぐわああああああああ――〉

龍の喉が燃えていた。刺さった矢から燃え広がったそれは、さながら地獄の業火の如き勢いで龍の巨体のすべてを包んでいく。

代三郎は両足を踏ん張って、渾身の力で弦を鳴らしつづける。手がもげてもいい。強い思いで弾いた。鳴らした。はじいた。業火に七転八倒する龍を黄泉へと誘《いざな》う、その音を紡いだ。

「魔物よ魔物」

苦しむ龍に語りかける。

「お前にゃお前の言い分があるんだろう」

浄化する相手に対するせめてもの慈悲だった。

「恨みも憎しみも黄泉に行けば消える。忘れるんだ」

「巨旦将来！」

栗坊が叫んだ。

「眷属《けんぞく》とともに黄泉へと還るがいい！」

童子が飛ぶ。渾身の力をこめた太刀が龍の脳天を割った。

〈ぐわあああああああああああ――――――――っ！〉

絶叫が空に吸い込まれてゆく。

宙を横ぎった栗坊が地に降り立ったときには、龍は微塵もなく消え去っていた。

第十一章　落とし物

本郷《ほんごう》から湯島《ゆしま》、神田明神《かんだみょうじん》を抜けて昌平橋《しょうへいばし》を渡れば、猫手《ねこて》長屋もそう遠くはない。橋から先は町人地。行き交う人の数はいや増して、江戸の賑わい此処に在りといった感じだ。

魔物を倒した代三郎《だいざぶろう》と栗坊《くりぼう》は、座敷わらしたちの誘いを断り自分の足で安迷寺《あんめいじ》をあとにした。コタンの消滅とともに境内に張られていた結界も消え、代三郎たちが山門をくぐるときには、寺はもう日常を取り戻していた。昏倒していた住職たちも何事もなかったかのように勤行《ごんぎょう》に務めていた。すべては地蔵菩薩によって「無」に還されたのであった。江戸《えど》の町もまた然り。人々は「座敷わらし騒動」を忘れ、常と変わらぬ平穏な夜を迎えようとしていた。

境内がもとに戻るまでのわずかな間、本堂に帰った代三郎と栗坊が目にしたのは、コタンの魔力から解放されて争いをやめた〈わらしもどき〉たちと、それを相手に説く地蔵菩薩《じぞうぼさつ》の姿だった。

〈お前たちは、気の毒なことに魔物に騙《だま》されていたのだよ〉

そう語りかける地蔵菩薩の瞳は慈しみに満ちていた。

〈残念だが、短くとも天寿を全うしたお前たちが親のもとに生まれ変わることはない〉

だが、と仏は付け加えた。

〈お前たちが成仏することで、お前たちの親の魂も救われるのだよ〉

地獄に落ちるのではないか、そう脅える三太《さんた》たちに向かって、仏は首を左右に振ってみせた。

〈よいか。お前たちはけっして地獄に落ちたりはせぬ。ただ、そのためにはひとつやってもらうことがある〉

「やってもらうことって？」

子どもたちを代表して尋ねた三太に仏は答えた。

〈ここに積んである金を、すべて持ち主のところに返しておいで。その姿のままならば簡単にできることだ〉

〈わらしもどき〉たちは次々に立ち上がって自分が盗んで来たものを戻しに出かけた。そのうち一部の者たちは出かける前に地蔵菩薩に呼び止められた。

〈その千両箱の小判は、一枚ずつ貧しい家に配って来るがいい〉

「なんでですか？」

〈世には悪行で稼いだ金もある。それこそが本当の悪貨というものだ。そうした金は貧しく

ても心尊き人々に分け与えられることで良貨となるのだよ〉

名木曽屋《なぎそや》の持つ大量の小判は御林《おはやし》の木々を密売して稼いだ悪貨である。よってそれは名木曽屋には返さず良貨に変える。他にも、いくつかの千両箱がそうした良貨の対象となった。

地蔵菩薩は、寺から出て行こうとする〈わらしもどき〉たちに手にあった金粉を振りかけた。宙を落ちる金粉を浴びた〈わらしもどき〉たちはそれぞれ卵のような光に覆われた。

「これはなんですか」

〈お前たちにまじないをかけておいた〉

答える菩薩の顔は微笑んでいた。

〈お前たちにはふたつの道がある。ひとつの道は、私とともに天界へと往くこと。そうしたい者はこの寺に戻って来るとよい。もうひとつの道は……〉

本物の「座敷わらし」になること。

地蔵菩薩の言葉に子どもたちは驚いた。後ろで聞いていたマルメたち「座敷わらし」もだった。

〈今度の騒ぎを見て思った。江戸にはまだまだ座敷わらしが足りぬとな〉

子どもたちが盗みに入った家はどこも座敷わらしが護っていない家だった。八百八町の全部はさすがに無理としても、もう少し座敷わらしはいてもいいだろう。

〈お前たちが望むなら、そうした道もあるということだ。もちろん、霊としては天界に昇ると同様、成仏したと扱われるので心配はない〉

異を唱える者は子どもたちの中にはいなかった。とうの座敷わらしたちも歓迎した。

「おめたちがなかなか根性があるのはさっきの相撲でよおぐわかった」

ミイヤが言うと、サイサイも「仲間になってくれるなら百人力だな」と取っ組み合いで擦りむいた顔をくしゃくしゃにして笑った。

「これでおらも安心して盛岡《もりおか》に帰れる」

マルメも満足げだった。他の座敷わらしたちも楽しそうだった。みんなで笑い合っているその中に、「わん！」と吠えて加わったのは二匹の犬だった。

「おお、おめたちも嬉しいか」

犬たちはぺろぺろとマルメやミイヤの顔をなめた。

〈その犬たちは、金神《こんじん》の使い魔となっていたものたちだ〉

一匹は本堂の前でマルメが倒した男、もう一匹は代三郎と栗坊が退治したあの「美元《びげん》」を地蔵菩薩が慈悲をもって黄泉から呼び戻したものであった。二匹とも人間にひどい仕打ちを受け、それで金神の手先となったというのだが、魔力が消えたことで本来の犬として生きることを許されたのであった。

〈犬たちはこの寺で安心して暮らせるようこの私が取り計らっておこう〉

コタンこと金神＝巨旦将来《こたんしょうらい》についても地蔵菩薩はその知るところを話してくれた。菩薩によると、巨旦将来は『備後国風土記《びんごのくにふどき》』に登場する人物であるとのことであった。風土記の中の彼は裕福ではあったが、旅人が求める一夜の宿すらすげなく断るといった、金持ちにありがちな吝嗇《りんしょく》な一面を持つ男であったらしい。それが仇をなしてか、最後には武塔神《むとうのかみ》＝牛頭天王《ごずてんのう》によって一族もろとも誅殺《ちゅうさつ》され、屍《しかばね》を五つに刻まれてしまう。やがてその精魂は凶神である金神へと変化し、人々に災いをなすようになった。災いはときに小さくもあり、大きくもあり、数百年に一度は今回のような騒動となることもあるという。

〈茅《ち》の輪くぐりを存じておるか？〉

「神社の祭りなんかでくぐる、あの茅の輪ですか？」

〈それよ。あれは人々をこの巨旦将来の二の舞にせぬための儀式なのだよ〉

武塔神は巨旦将来の一族を襲ったとき、自分に親切にしてくれた巨旦の兄の蘇民将来《そみんしょうらい》の娘だけは、その腰につけている茅の輪を目印として救った。祇園社《ぎおんしゃ》など各地の神社はこの由来に基づき今でも「茅の輪くぐり」を欠かさずに行なっている。地蔵菩薩はそう教えてくれた。

「考えてみれば、金神もかわいそうなやつだったんだね」

複雑な顔を見せた栗坊に、地蔵菩薩は〈心配はない。浄化された今はやつも成仏できる。

その名は世に残るがたんなる伝説の神となろう〉と諭した。

ともあれ、これを機に江戸の町にはこれまでに倍する数の「座敷わらし」が棲むようになった。

「江戸もますます賑やかになって、けっこうなことだ」

マルメは満足げに頷くと、「おらはそろそろ行ぐとするか」と背中を向けた。

「ちょっと待て」

呼び止めたのは代三郎だった。

「なんだ。おらがいなくなるのが寂しいか？　心配すんな。たまには江戸にも来るから」

「いやいやいや、寂しいことは寂しいけど、訊きたいのはそれじゃやない」

「なんだべ？」

「サイサイは狼煙《のろし》をあげて仲間を呼んだんだろう？　でも、どこであげたんだ。そんなものは空には見えなかったぞ」

「江戸だ」

「へ？　早足で江戸に戻ったっていうのか」

「んだ」

「で、こっちに戻って来たときは一人だったのか、それとも誰か一緒だったのか」

「わらしがいっぱい来たべ」

「わらしじゃなくて、他の誰かだよ」

「さあな」

「とぼけることはないんだぞ」

「んー、困ったな。言わねえでくれって頼まれたからなあ」

「言っているのと一緒じゃないかよ」

苦笑すると、マルメも「にひゃっ」と笑って「んじゃ、またな」と今度こそ姿を消した。

いい加減、盛岡《もりおか》に帰らねばならなかったのだろう。

そういえば、とサイサイとミイヤの姿をさがしたが、代三郎と栗坊が「早足」での帰りを断っていたからか、こちらも一足先に寺からいなくなっていた。

代三郎と栗坊が猫手長屋に戻ったのは七ツ下がりの夕刻だった。

神田川《かんだがわ》の方角から帰るときは、いつも巡啓《じゅんけい》の診療所がある裏道の木戸から長屋に入る。木戸をくぐる前に巡啓の家を覗くと、名医のもとには今日も病を抱えた人たちが集まっていた。

「おっ」と気付く巡啓に、肩に栗坊を乗せた代三郎は「やっ」と手を上げて会釈する。路地に入れば、七輪で魚を焼く匂いが漂っている。長屋のおかみさんたちが亭主の帰りに備えて夕餉《ゆうげ》の支度をしていた。

棟割《むねわり》長屋に沿って路地を歩くと、おかみさんたちや子どもたちが次々に声をかけてくる。

「代三郎さん、今日はどこに行っていたね」

「七ツ下がりに帰って来るとはいい心がけだね」

「それともこれから出かけんのかい」

「夜更かしだからって夜中まで三味線鳴らさないでおくれよ」

「そうだよ。いつも赤ん坊が起きちまって迷惑しているんだ」

誰も彼も、大家相手に少しの遠慮もありゃしない。これが猫手長屋だった。

中庭ではおたまが井戸の水を汲んでいた。「おたまさん」と声をかけた。

「今朝は言い忘れていたけれど、預かったものはちゃんと安迷寺にお供えしておいたよ」

「ありがとうさん。そのおかげかねえ」

「そのおかげって？」

「いや、うちの旦那が夢で死んだ息子に会ったっていうんだよ」

今朝の騒ぎは、夢ということになっているらしい。

「そうか。そのうちおたまさんも会えるんじゃないか」

「会えるもんなら会いたいね」

「きっと会えるさ」

そう言う代三郎の目には、井戸の向こうの地面で石を並べて遊んでいる三太が見えていた。

おたまが去ったところで三太に声をかけた。

「この長屋に居着くことにしたのか」

「どうせならおかあちゃんたちのところがいいなってね。ていうか、びっくりしたよ。俺、自分の家のすぐ隣に出て来ていたんだな」

「なんだ、知らないで出て来ていたのか」

「あのときは夜中だったしね。どっかで見た茶屋だなとは思ったんだけどさ」

「ははは。茶が飲みたくなったらいつでも来な。甘納豆もあるぞ」

三太の頭を撫でてやって、家に入った。栗坊がぴょんと飛んで人の姿になった。

「ただいま！」

栗坊の声に、茶屋にいた於巻《おまき》が「おかえり」と返事してきた。

「なあにがおかえりだ、あの野郎」

代三郎は「へっ」と笑いながら、茶屋に顔を出した。店は仕事帰りに立ち寄った客たちで賑わっていた。その間を、着物の袖をたくしあげた於巻が忙しく動き回っている。代三郎と栗坊は自分たちで茶を入れて座敷の空いている場所で飲んだ。

「それにしたって、今日は地蔵菩薩様のおかげで助かったね」

栗坊が寺であったことを振り返る。

確かに、地蔵菩薩＝閻魔《えんま》様のくれた矢のおかげで一瞬にして魔物を退治できた。自分たちだけだったら、最後のあの場所でさらに激しい戦いを強いられていたかもしれなかった。

「見るに見かねて出て来てくれたんじゃないか」

「誰かが呼んでくれたとか」

「さあな」

答えながら神棚の招き猫像に目をやった。応じるように、像がカタカタと揺れた。客は誰も気付かないが、代三郎と栗坊には見えた。

「ちっ」

思わず舌打ちしてしまう。

「黙っていればかっこいいのに、やっぱり大猫《おおねこ》様だねえ」

栗坊も苦笑いしている。

「どこまでも目立ちたがり屋のじいさんだな」

二人でパンパンと柏手を打った。

「おつかれさま！」

手の空いた於巻が寄って来た。

「おう」

頷いて、髪に差しっぱなしにしてあった鈿《かんざし》を渡した。

「落とし物だぜ」

「あらら。ばれちゃった」

「ばれちゃったもなにも、見えていたよ。よけいなことしやがって」

「いいの？　そんなこと言って。三味線がとれなくて泣きそうな顔をしていたのは誰かしらね」

「どうせ大猫様の差し金だろう」

於巻は「うふふ」と笑って答えない。

神棚で、また招き猫がカタカタと揺れた。

この作品は招き猫文庫のために書き下ろされたものです。

猫《ねこ》手《て》長屋《ながや》事件《じけん》簿《ぼ》 ざしきわらわら

招き猫文庫

2015年5月10日　第1刷発行

著　者　仲野《なかの》ワタリ

発行人　酒井俊朗

発行所　株式会社　白泉社
〒101-0063 東京都千代田区神田淡路町2-2-2
電話　03-3526-8075（編集）
03-3526-8018（販売）
03-3526-8020（制作）

印刷製本　図書印刷株式会社

フォーマットデザイン　名久井直子

マークイラスト　フジモトマサル

ISBN 978-4-592-83115-0
printed in japan　HAKUSENSHA

第1回 招き猫文庫時代小説新人賞
募集

大賞
賞金
100万円

優秀賞
賞金
30万円

佳作
賞金
10万円

各賞、複数作品の授賞もあります。
※入賞者には担当編集が付き、大賞作は「招き猫文庫」より刊行いたします。

選考委員

あさのあつこ　冲方丁（敬称略　五十音順）「招き猫文庫」編集長

応募規定

《応募対象》従来の枠にとらわれないエンターテインメント時代小説を求めます。
プロ・アマは問いません。自作未発表の作品に限ります。

《原稿枚数》A4サイズの用紙に38字×32行（縦組み）で印字し、80枚から150枚まで。

《原稿規格》原稿には表紙を付け、題名、住所、氏名（本名、筆名とも）、年齢、性別、職業、略歴、電話番号、メールアドレスを明記してください。表紙の次のページに『梗概』（800字程度）を付け、本文の1ページ目からナンバリングしてください。原稿の右肩を綴じてください。手書きでの応募は受け付けません。

締め切り　2015年7月31日（当日消印有効）

発表　2015年12月に白泉社招き猫文庫ホームページで発表します。
http://www.hakusensha.co.jp/manekineko

《原稿宛先》〒101-0063　東京都千代田区神田淡路町2-2-2
白泉社　招き猫文庫編集部『招き猫文庫時代小説新人賞』係

《注意事項》
●同一作品による二重投稿は失格です。
●受賞作の出版権、
二次的利用権（電子化、映像化、コミック化など）は白泉社に帰属します。
●応募原稿は返却いたしません。選考に対する問い合わせには応じられません。
●応募原稿にご記入いただいた個人情報につきましては作品の選考、
連絡目的以外には使用いたしません。